AMÉ A JACOB

Katherine Paterson

noguer

Título original: *Jacob Have I Loved*
© Katherine Paterson, 1977

© de la traducción: Editorial Noguer, 1999
© Editorial Noguer S. A., 1999
Avda. Diagonal, 662-664, 08034 Barcelona
Primera edición en esta colección: mayo de 2009
ISBN: 978-84-279-0089-9
Depósito legal: M. 16.257-2009
Impreso por: Brosmac, S. L.
Impreso en España – Printed in Spain

Para Gene Inyart Namovicz.
Desearía que fuera para Emma, pero ahora
ya tienes dos o tres ejemplares de esto.
Con agradecimiento y amor.

AGRADECIMIENTOS

Tuve el impulso de escribir este libro leyendo *Beautiful Swimmers: Watermen, Crabs and the Chesapeake Bay* de William W. Warner, publicado por Little, Brown & Company en 1976, y que con toda justicia mereció el Premio Pulitzer que ganó al año siguiente. Desde entonces ha habido muchas personas y libros que me han ayudado a conocer mejor la vida en Chesapeake Bay. Desearía mencionar en especial a los pescadores de la isla Smith, a los que conocí durante el Festival de Vida Popular celebrado en el Instituto Smithsoniano: el señor Harold G. Wheatley de la isla Tangier, Virginia, y el doctor Varley Lang de Tunis Mills, Maryland. El doctor Lang, que es escritor y profesor además de pescador, tuvo la amabilidad de leer mi manuscrito. Los errores que pueda haber son, obviamente, culpa mía y no suya. Su libro sobre los pescadores de Maryland, titulado *Follow the Water* (John F. Blair, 1961), también me ayudó mucho.

LA ISLA DE RASS

Tan pronto como se derrita la nieve, iré a Rass a buscar a mi madre. Me embarcaré en el ferry en Crisfield y bajaré a la cabina donde se quedan siempre las mujeres, pero después de permanecer sentada durante cuarenta minutos en aquellos duros bancos, me levantaré y me asomaré a las altas ventanas de proa, intentando percibir la primera señal de mi isla.

El ferry casi llegará antes de que se pueda ver Rass, que yace como el caparazón de una tortuga sobre el descolorido color verde oliva del Chesapeake. Mas, de pronto, el campanario de la iglesia metodista emergerá arrastrando un racimo de casas de madera blanca. Y luego, casi al mismo tiempo, llegaremos a puerto, amarrando al lado de la casa del capitán Billy, de dos plantas y sin pintar, que se apoya pesadamente contra un largo y bajo cobertizo que el capitán utiliza para su negocio de venta de cangrejos. En la puerta contigua, muy dignamente erguido y pintado de un color verde de tono chillón, se abre el Almacén General de Kellam, con la oficina de Correos, y en la parte posterior, sobre una estrecha franja de tierra, están las casas y las blancas cercas del pueblo. Sólo hay unos pocos y larguiruchos árboles, pero como hay muchos arbustos redondos, le dan un aspecto de verdor en los patios.

El muelle al que llegaré forma parte de un laberinto de muelles. Mi mirada podrá abarcar cada uno de ellos y encontrar al final el cobertizo construido por un pescador para almacenar y envasar los cangrejos. Si llego a finales de la primavera, encontraré los cobertizos de los cangrejos rodeados de plataformas de corcho que soportan y protegen a los cangrejos que están mudando el caparazón en el agua de la bahía. Luego, los cangrejos, revestidos todavía con sus suaves cáscaras serán envueltos en hierbas marinas y metidos en cajas que llevarán al capitán Billy para que las expida al continente.

No obstante, más importantes que los cobertizos de cangrejos son los barcos amarrados a lo largo de los muelles. Aunque cada uno de ellos tiene una personalidad tan marcada como el pescador que lo posee, son engañosamente parecidos: una pequeña cabina a proa y batideros lo bastante anchos para que un hombre pueda estar y correr por ellos desde la punta de la proa hasta la popa. En la panza del casco, de un lado a otro de las máquinas hay una docena de barriles, más o menos, esperando la pesca del día siguiente; una o dos nasas de recambio, que parece como si estuvieran hechas de tela metálica, y algún cesto de cebos, vacío. Cerca del cigüeñal que iza la línea de nasas del fondo del Chesapeake hay una gran cuba. En ella se vaciarán las nasas y se separarán los cangrejos del tamaño que permite la ley —duros, que se están pelando y pelados— de sus congéneres más pequeños, al igual que de los peces globo, ortigas de mar, algas, ostras y basura, toda la indeseada cosecha que ofrece la generosidad de la bahía. En la popa de cada barco destaca su nombre. La mayoría son nombres de mujer, por lo general el nombre de la madre o de la abuela del pescador; esto depende de cuánto tiempo lleve el barco en la familia.

El pueblo, en el que nosotros, los Bradshaw, hemos vivido durante más de doscientos años, apenas ocupa una tercera parte de la superficie de nuestra isla. El resto está cubierto por marismas. Cuando yo era niña saludaba en secreto el primer cálido día de la primavera sacándome los zapatos y metiéndome hasta la cintura en el esparto para sentir el barro fresco chapoteando entre los dedos de mis pies. Escogía con cuidado el sitio, porque el esparto es suficientemente duro para cortar la piel y en el nuestro con frecuencia podías tropezar con trozos de estaño, de cristal, de cerámica o de conchas dentadas aún no alisadas por las mareas. En mi nariz, el débil olor a paja de la hierba se mezclaba con el olor salino de la bahía, mientras el viento de la primavera enfriaba los lóbulos de mis orejas y me ponía carne de gallina en la piel de los brazos. Allí me protegía con una mano los ojos del sol y miraba hacia el agua, esperando ver la llegada del barco de mi padre.

Amo la isla de Rass, aunque durante una gran parte de mi vida pensé que no era así, y me duele mucho saber que cuando mi madre se haya ido no quedará ya nadie con el nombre de Bradshaw. Pero somos sólo dos, mi hermana Caroline y yo, y ni una ni otra podíamos quedarnos.

I

En el verano de 1941, por las mañanas, en la plea-
mar, McCall Purneil y yo embarcábamos en mi esquife
e íbamos a buscar cangrejos. Call y yo éramos exper-
tos, y siempre volvíamos a casa con un poco de dinero y muchos cangrejos para la cena. Call era un año
mayor que yo y no hubiera ido nunca a pescar cangrejos con una chica si su padre no hubiera muerto;
por ese motivo ningún hombre le llevaba a bordo de
un barco cangrejero. Era también un niño que había madurado lentamente, y como estaba gordo y era
miope, la mayor parte de los niños de la isla lo igno-
raban.

Call y yo formábamos una pareja de lo más extraña.
A mis trece años yo era alta y de huesos anchos, con ilu-
siones de belleza y algo romántica. Él, con sus catorce
años, era regordete, usaba gafas de gruesos cristales y
no tenía nada de sentimental.

—Call —le decía, mirando el amanecer que enrojecía sobre la bahía de Chesapeake—, me gustaría que el cielo estuviera así el día que me case.

—¿Y quién supones que será capaz de casarse contigo? —preguntaba Call, no despectivamente, sino simplemente ateniéndose a los hechos.

—Oh —le respondí un día—, aún no lo conozco.

—Entonces no es muy seguro que llegues a casarte. Esta isla es muy pequeña.

—No será un isleño.

—El señor Rice tiene una novia en Baltimore.

Suspiré. Todas las chicas de la isla de Rass estaban medio enamoradas del señor Rice, uno de nuestros dos profesores del instituto. Era el único hombre relativamente sin compromiso que la mayoría de nosotras había conocido. Pero el señor Rice se las había arreglado para que se supiera en todas partes que su corazón pertenecía a una señorita de Baltimore.

—¿Crees —pregunté en tanto propulsaba el esquife con la pértiga, mientras el centro de mis cavilaciones románticas pasaba del día de mi boda al señor Rice— que sus padres se oponen a la boda?

—¿Por qué han de oponerse?

Call, de pie sobre el batidero de babor, había visto la cabeza de lo que parecía una tortuga de mar, y toda su atención estaba concentrada en ella.

Viré a estribor. Podíamos conseguir una bonita cantidad por una tortuga de ese tamaño. La tortuga se dio cuenta de nuestro cambio de rumbo y se zambulló a través de la zostera marina hasta el barro del fondo, pero Call tenía la red dispuesta, así que cuando el viejo macho llegó a su escondite fue sacado a la superficie y depositado en un cubo que le estaba esperando. Call gruñó de satisfacción. Podíamos ganar hasta cincuenta centavos, diez veces el precio de un cangrejo azulado blando.

—Tal vez ella tiene una enfermedad misteriosa y no quiere ser una carga para él.

—¿A quién te refieres?

—A la *fiance* del señor Rice.

Había aprendido la palabra leyéndola, pero no su pronunciación. No formaba parte del vocabulario hablado de la mayor parte de los isleños.

—¿Su *qué*?

—La mujer con quien está prometido, estúpido.

—¿Por qué piensas que está enferma?

—Algo está retrasando la consumación de su unión.

Call volvió rápidamente la cabeza para mirarme, pero los batideros de un esquife son, en el mejor de los casos, precarios, así que no me miró mucho tiempo para no malgastarlo o arriesgarse a darse un chapuzón. Me dejó con lo que pensaba eran mis locuras y fijó su atención en la zostera marina.

Formábamos un buen equipo en el agua. Yo manejaba la pértiga del esquife rápida y silenciosamente, y aunque él era muy miope, podía percibir un cangrejo con sólo ver la punta de una de sus pinzas asomando entre la hierba y el fango. Casi nunca fallaba, y sabía que yo no daría un tirón ni viraría la barca inoportunamente. Estoy segura de que era eso lo que nos unía tanto. Yo estaba con él no sólo porque podíamos trabajar juntos, sino porque nuestra labor de equipo era tan automática que podía dedicarme al mismo tiempo a mis fantasías románticas. Que yo estuviera malgastando esta parte de mi naturaleza con Call, no importaba. No tenía más amigos que yo, así que no era fácil que repitiera lo que yo decía para que alguien se lo tomara a broma. Call nunca se reía.

Yo consideraba eso un defecto de su carácter e intentaba corregirlo, así que le contaba chistes.

—«Oiga, perdone, su cara me suena...»

—¿Qué?

—«Sí, es que trabajo en la radio» —vociferé alegremente.

—¿Queeé?

—¿No lo entiendes, Call? «Su cara me suena...» ¡pero es locutor de radio! —solté la pértiga para mover la mano derecha dirigiéndome a él—. Ya sabes, ¿como le va a sonar su cara?

—Nunca has visto ninguno.

—¿Un qué?

—Un locutor de radio.

—No.

—¿Cómo sabes qué aspecto tienen?

—No lo sé. Sólo es un chiste, Call.

—No entiendo cómo puede ser un chiste si ni siquiera sabes qué cara tienen. Supón que realmente se los pudiera reconocer. Entonces tú no estarías diciendo la verdad. ¿Y qué pasa entonces con tu broma?

—Pues que es un chiste solamente, Call. No importa que sea verdad o no.

—A mí sí me importa. ¿Por qué hay que pensar que una mentira es divertida?

—Déjalo, Call. No tiene importancia.

Pero siguió gruñendo como un pequeño y viejo predicador acerca de la importancia de la verdad y sobre que no se puede saber cómo son los locutores.

Pensaréis que lo dejé, pero no fue así.

—Call, ¿sabes el chiste del abogado, el dentista y el psiquiatra que murieron y fueron al cielo?

—¿En un accidente de aviación?

—No, Call. Es un chiste.

—Ah, es un chiste.

—Sí. Bueno, el abogado, el dentista y el psiquiatra murieron. Y llega primero el abogado. Y Pedro dice...

—¿Qué Pedro?

—El Pedro de la Biblia. Pedro el apóstol.

—Está muerto.

—Ya sé que está muerto.

—Pero tú has dicho...

—Cállate y escucha el chiste, Call. El abogado va a ver a Pedro y quiere entrar en el cielo.

—Hace un momento has dicho que ya estaba en el cielo.

—Bueno, pues no estaba. Estaba justo frente a las puertas, ¿vale? Bueno, él dice que quiere entrar en el cielo, pero Pedro le responde que lo siente, que ha mirado en el libro y ha visto que era un bandido y un malvado y que se dedicaba a engañar a la gente. Así que tiene que ir al infierno.

—¿Tu madre sabe que usas ese tipo de palabras?

—Call, hasta el predicador a veces utiliza la palabra infierno. De todas maneras, el abogado tiene que renunciar y bajar al infierno. Entonces llega el dentista y quiere entrar también en el cielo, y Pedro mira en su li-

16

bro y comprueba que ese tipo arrancaba muelas sólo para sacarle el dinero a la gente, aunque estuvieran perfectamente sanas.

—¿Hacía qué?

—Call, no importa.

—¿Cómo que no importa que ese tipo arrancara muelas sólo para sacar dinero? Eso es terrible. Debería ir a la cárcel.

—Bueno, por eso lo mandó al infierno.

—Arrancando muelas que están en buen estado —gruñó, tocando las suyas con los dedos de su mano izquierda.

—Llegó luego el p-siquiatra.

—¿El qué?

Yo era una ávida lectora de la revista *Time*, que, además de los números atrasados del *Sun* de Baltimore, eran nuestra única ventana al mundo en aquellos tiempos, así que, aunque la psiquiatría aún no era un pasatiempo popular, conocía bien la palabra, aunque no que la «p» fuera muda. *Time* era probablemente la fuente del chiste que estaba tratando de contar.

—El p-siquiatra es un médico que trata a la gente que está loca.

—¿Y por qué intentan hacer algo con gente que está loca?

—Para que se pongan bien. Para arreglarles la cabeza. Dios mío.

Hicimos una pausa para atrapar con la red a un cangrejo macho enorme, un verdadero número uno que estaba doblado sobre un cangrejo hembra. La llevaba a la zostera marina, donde ella mudaría por última vez y se

17

convertiría en toda una señora cangreja. Cuando estuviera blanda habría una boda formal, y el novio se quedaría vigilando a su novia hasta que su caparazón se hubiera endurecido de nuevo y ella pudiera cuidarse de sí misma y proteger sus huevos.

—Lo lamento —dije—. No habrá boda para ti.

A aquella preciosidad no le gustó que lo separaran de su amada, pero Call tiró hacia atrás y echó a cada uno en un cubo distinto. Ella iba a perder el caparazón en unas horas. Nuestro cubo estaba casi lleno. Era un buen día para pescar en el agua.

—Bueno, como decía, el p-siquiatra va a ver a Pedro y éste busca en su libro y averigua que se ha portado mal con su mujer y sus hijos, así que le manda al infierno.

—¡Qué cosas dices!

No le hice caso. Si no, no habría manera de terminar la historieta.

—Así que el p-siquiatra empieza a irse, y Pedro, dice de pronto: «¡Eh! ¿Dices que eres p-siquiatra?». Y el tipo contesta que sí —yo estaba hablando con tanta rapidez que casi me quedé sin aliento—. Y Pedro dice: «Creo que puedes tener trabajo aquí. Dios piensa que es Franklin D. Roosevelt».

—¿Dios qué?

—Tú sabes que cuando una persona está loca piensa que es alguien importante: Napoleón o algo por el estilo.

—Pero, Wheeze. Dios es importante.

—Es un chiste, Call.

—¿Cómo puede ser un chiste? No tiene nada de gracioso.

18

Hizo un enfático gesto de negación de pescador.

—Call, es gracioso porque Franklin D. Roosevelt se ha vuelto demasiado engreído. Como si él fuera mejor que Dios o algo así.

—Pero tú no has dicho eso. Tú has dicho...

—Ya sé lo que he dicho. Pero tienes que entender de política.

—Bien, pero ¿qué clase de chiste es ése? Es un desatino.

Las palabras de Call las había aprendido de su piadosa abuela y solían ser tan pintorescas como la ropa que le confeccionaba.

El sol estaba alto, y nuestros estómagos, vacíos. Call pasó los batideros a la barca. Metí los remos en el esquife y fuimos hacia el banco de proa, donde los colocamos en sus argollas y sacamos la barca de la zostera marina remando hacia aguas más profundas, en dirección al puerto.

Otis, el hijo del capitán Billy, llevaba la parte del negocio de su padre dedicada al transporte de cangrejos, mientras que su padre y dos hermanos se encargaban del ferry. Vendimos los cangrejos blandos, los que estaban mudando y la tortuga a Otis, luego nos repartimos el dinero y los cangrejos duros. Call se marchó a su casa a cenar y yo volví remando, bordeando la isla hasta South Gut, donde cambié los remos por la pértiga, y empujando con ella, llegué hasta casa. El South Gut no era más que uno de los muchos esteros que atravesaban por doquier Rass, y a la vez era un basurero natural. El verano anterior, Call y yo lo habíamos limpiado (estaba repleto de latas oxidadas y nasas, y hasta había muelles de algún colchón viejo), para que yo pudiera empujar el esquife con la pértiga hasta el jardín que había detrás de mi casa. Había pocos árboles en Rass, pero mi madre había plantado un joven pino del incienso y una higuera en nuestra parte del estero, y había también un cedro huérfano en la otra. Até el esquife al pino y empecé a correr hacia la casa con el cubo lleno de cangrejos duros en una mano y un puñado de dinero en la otra. Mi abuela me agarró antes de que llegara a la puerta.

—¡Louise Bradshaw! ¡Qué desorden! ¡Qué asco! No se te ocurra entrar tan sucia en casa. Dios bendito. ¡Cómo está, Susan! —llamó a mi madre—. Ha destrozado toda su ropa.

Por no empezar a discutir, dejé el cubo de cangrejos y el dinero en el borde del porche y me quité el mono que llevaba. Debajo tenía puesta mi ropa más vieja.

—Cuelga el mono en la última cuerda del tendedero, ahora mismo.

Obedecí, asegurando con pinzas el peto a la cuerda. Inmediatamente, la brisa lo hinchó de tal forma que parecía como si Peter Pan se lo hubiera puesto para atravesar nuestro jardín volando hacia la tierra de Nunca Jamás, al otro lado de la bahía.

Me puse a canturrear con entusiasmo: «Ven, Fuente de todas las bendiciones, entona mi corazón para cantar tus gracias...»

La abuela no conseguiría hacerme rabiar, había tenido demasiada suerte en la pesca para eso.

Caroline estaba desgranando guisantes en la mesa de la cocina. Lancé una benévola sonrisa a mi hermana.

—Caramba, Wheeze, hueles a cobertizo de cangrejos.

20

Rechiné los dientes, pero seguí sonriendo.

—Dos dólares —dije a mi madre, que estaba junto a la cocina—, dos dólares y cuarenta y cinco centavos. Su cara se puso radiante, y alcanzó el tarro de pepinos donde guardábamos el dinero.

—Oh —dijo—, has tenido una buena mañana. Cuando hayas terminado de lavarte, la comida estará lista. Me gustaba mucho su modo de decir las cosas. Nunca insinuaba que estaba sucia o que apestaba. Siempre decía: «Cuando hayas terminado de lavarte». Mi madre era una verdadera dama.

Mientras comíamos, me pidió que fuera a la tienda de Kellam a por nata y mantequilla. Sabía lo que eso significaba. Que había hecho bastante dinero para poder hacer un extra y preparar sopa de cangrejos para la cena. Ella no era isleña, pero hacía la mejor sopa de cangrejos de toda la isla de Rass. La abuela siempre se quejaba diciendo que un buen metodista nunca debería echar una gota de alcohol a la comida. Pero mi madre seguía impávida. A nuestra sopa siempre le añadía una cucharada o dos del jerez que guardaba celosamente. La abuela refunfuñaba, pero siempre dejaba el plato limpio.

Estaba yo allí sentada, saboreando el día, pensando en lo contento que se pondría mi padre cuando, al volver de pescar cangrejos, le llegase el olor de su sopa preferida, envolviendo a mi hermana y a la abuela en sentimientos de afecto que ninguna de las dos merecía, cuando Caroline dijo:

—Como no tengo otra cosa que hacer este verano, salvo practicar, he decidido escribir un libro sobre mi vida. Una vez que eres conocida —nos explicó con gran cuidado, como si fuéramos tontuelas—, una vez que llegas a ser famosa, una información así es muy valiosa. Si no lo apunto todo ahora, puede que me olvide.

Lo dijo con una voz que me daba hasta náuseas, la misma que empleaba cuando volvía a casa después de pasar todo el sábado en el continente tomando clases de música en las que le decían por billonésima vez lo dotada que estaba.

Pedí permiso para dejar la mesa. Lo último que tenía ganas de aguantar aquel día era la historia de la vida de mi hermana, en la que yo, su gemela, quedaba relegada a un papel muy secundario.

II

Si mi padre no hubiera ido a Francia en 1918, regresando con una cadera llena de metralla alemana, Caroline y yo no hubiéramos nacido. Sin embargo, resulta que fue a la guerra, y cuando volvió su gran amor de la infancia estaba casada con otro. Entonces se puso a trabajar en los barcos de otros con las fuerzas de un cuerpo que recobraba lentamente la salud, ganando a duras penas lo suficiente para mantenerse él y su madre viuda. Tardó casi diez años en recuperarse lo suficiente para poder comprar un barco e ir a pescar cangrejos y ostras como un verdadero pescador de Rass.

Cierto otoño, antes de que estuviera bien del todo, llegó a la isla una joven para dar clases en la escuela (tres aulas y una especie de gimnasio) y, de una forma u otra, nunca he podido entender muy bien cómo, la profesora pequeña y elegante se enamoró del grandote de mi padre, cojo y de cara rojiza, y se casó con él.

Lo que necesitaba mi padre, más que una esposa,

eran unos hijos varones. En Rass, los hijos representaban riqueza y seguridad. Y lo que mi madre le dio fue un par de chicas, gemelas. Soy la mayor por unos minutos. Constantemente pienso con cariño en el tesoro de esos minutos. Representan el único momento en mi vida en que fui el centro de atención de todo el mundo. Nada más nacer, Caroline se apoderó de todo para sí.

Cuando mi madre y la abuela contaban la historia de cómo nacimos, siempre hablaban casi exclusivamente de cómo Caroline se había negado a respirar. Y de cómo la comadrona le había dado una manotada y se había puesto a rezar, intentando persuadir a aquel diminuto pecho para que se moviera. Y de cómo hubo un grito de alegría al oír el primer débil gemido, «no más alto que el maullido de un gatito».

—¿Y yo dónde estaba? —pregunté en cierta ocasión—. Cuando todo el mundo se preocupaba por Caroline, ¿dónde estaba yo?

Una nube cruzó por los ojos de mi madre, y me di cuenta de que no recordaba.

—En el capazo —dijo—. La abuela te bañó, luego te vistió y te metió en el capazo.

—¿Fue así, abuela?

—¿Cómo voy a saberlo? —dijo la abuela bruscamente—. Hace ya demasiado tiempo.

Me invadió una sensación de frío, como si me hubiera convertido en una recién nacida por segunda vez, abandonada y olvidada.

Diez días después de nuestro nacimiento, a pesar del viento de invierno y la amenaza de que el hielo le impidiese volver a la isla, mi madre llevó a Caroline en el ferry al hospital de Crisfield. Mi padre no tenía dinero para médicos y hospitales, pero mi madre estaba decidida. Caroline era tan pequeña, tan frágil, que era necesario darle una oportunidad para que siguiera viviendo. Por aquellos días, el padre de mi madre todavía vivía. Posiblemente fue él quien pagó la cuenta. Nunca lo he sabido. Lo que sí sé es que mi madre iba ocho o diez veces al día al hospital para dar de mamar a Caroline, creyendo que la leche de una madre cariñosa tenía más poderes curativos que los médicos.

—¿Y yo qué? ¿Quién me cuidaba mientras estabas fuera?

La historia dejaba siempre a la otra gemela, la fuerte, bañada, vestida y en el capazo. Limpia, con frío y sin madre.

Volvía aquella mirada vaga y la sonrisa.

—Tu padre y la abuela estaban aquí.

—¿Era una buena niña, abuela?

—No peor que otras, supongo.

—¿Qué hacía, abuela? Cuéntame lo que hacía cuando era un bebé.

—¿Cómo voy a recordarlo? Hace ya tanto tiempo...

Mi madre, consciente de lo acongojada que estaba, me decía:

—Te portabas muy bien, Louise, y nunca tuvimos que preocuparnos por ti ni un momento.

Lo decía para consolarme, pero su respuesta me causaba cada vez más angustia. ¿Es que yo no merecía que se preocuparan de mí ni un solo momento? ¿No fueron precisamente todos aquellos meses de preocupación lo que había hecho que la vida de Caroline se volviera tan preciosa para todos ellos?

Cuando Caroline y yo cumplimos los dos meses, mi madre volvió a la isla con ella. Para entonces, yo estaba muy gorda, gracias a la leche enlatada que me daban. Caroline siguió mamando del pecho de mi madre durante doce meses más. Existe una curiosa foto de nosotras dos sentadas en el porche delantero, el verano que cumplimos un año y medio. Caroline aparece pequeña y delicada, con sus rizos rubios enmarcando una cara radiante de alegría, sus brazos estirados hacia quien hacía la foto. Yo estoy acurrucada como una sombra oscura y gorda, con los ojos mirando de reojo hacia Caroline, el pulgar en la boca, una mano regordeta cubriendo casi toda mi cara.

El invierno siguiente ambas tuvimos la tosferina. Mi madre creyó que yo estaba lo bastante enferma como para aislarme en un ambiente especial vaporizado. Pero todo el mundo se acuerda de que el capitán Billy sacó su ferry a las dos de la madrugada para llevar a Caroline y a mi madre a toda prisa al hospital.

Ocurrió lo mismo con todas las enfermedades infantiles, excepto con la varicela. Las dos la tuvimos fuerte, pero sólo a mí me han quedado cicatrices. La señal que tengo en el caballete de la nariz es una cicatriz de la varicela. Cuando tenía trece años se notaba más que ahora. Una vez, mi padre, para tomarme el pelo, me llamó «vieja cara marcada» y se quedó de lo más cortado cuando me eché a llorar.

Supongo que mi padre estaba acostumbrado a tratarme con cierta rudeza, no exactamente como hubiera tratado a un hijo, pero desde luego recibí un trato muy diferente al que le daba a Caroline. Mi padre, al igual que casi todos los hombres de nuestra isla, era pescador. Esto significaba que seis días a la semana, mucho antes del amanecer, estaba ya en el mar. Desde noviembre hasta marzo arrancaba las ostras con tenazas, y desde finales de abril hasta bien entrado el otoño buscaba cangrejos. Existen pocos trabajos en este mundo que exijan tanto esfuerzo físico como el trabajo de los hombres que eligen dedicarse al mar. Y para un hombre con una ligera cojera, solo en un barco, el trabajo era doble. Necesitaba un hijo y yo hubiera dado cualquier cosa por ser ese hijo, pero durante aquellos años en Rass el trabajo de los hombres y el de las mujeres estaba claramente diferenciado, y el barco de un pescador no era lugar para una muchacha.

Al cumplir los seis años, mi padre me enseñó cómo mover el esquife con la pértiga para que pudiera coger cangrejos con una red en la zostera marina, cerca de la orilla. De esta forma me consolaba de no poder embarcar con él en su *Portia Sue*. Mas, por feliz que me sintiera con mi pequeño esquife, éste no me compensaba del hecho de que se negara a llevarme en su barco. Seguí rezando para que me convirtiera en chico, tanta era la pasión que sentía por el barco de mi padre. Le había dado el nombre del personaje shakespeariano favorito de mi madre, pero ella insistió en ponerle también el *Sue*. Con toda probabilidad, era el único pescador de la Bahía de Chesapeake dueño de una barca que llevaba el nombre de una mujer abogado, aparte de Shakespeare.

Mi padre no era un hombre culto, en el sentido en

que lo era mi madre. Había dejado los estudios cuando cumplió los doce años para dedicarse al mar. Creo que le hubiera sido fácil tomarle gusto a la lectura, pero estaba demasiado cansado para eso cuando llegaba a casa por la noche. Recuerdo que en alguna ocasión mi madre le leía en voz alta. Él se sentaba en una silla, la cabeza echada hacia atrás, los ojos cerrados, pero no dormido. Cuando yo era una niña, siempre sospechaba que él estaba imaginando cosas. Tal vez fuese así.

Aunque nuestra casa era una de las más pequeñas de entre las más o menos cuarenta que había en la isla, durante muchos años fuimos los únicos que tuvimos un piano. Nos llegó en el ferry después de la muerte de mi abuelo, que vivía en el continente. Creo que Caroline y yo habíamos cumplido los cuatro años. Ella dice que recuerda cómo estaba esperándolo en el muelle y después siguiéndolo mientras seis hombres ayudaban a mi padre a ponerlo encima de unos rodillos para llevarlo a casa, porque no había camiones ni coches en la isla.

Caroline dice también que comenzó en seguida a teclear de oído melodías y a inventar canciones para sí misma. Puede que sea cierto. Me es difícil recordar un tiempo en que Caroline no tocara el piano con suficiente soltura como para acompañarse mientras cantaba.

Como mi madre no era isleña, y como los isleños no entendían nada de pianos, nadie se dio cuenta al principio del efecto que el aire húmedo y salado iba a tener en el instrumento. A las pocas semanas, estaba lúgubremente desafinado. La ingeniosa de mi madre resolvió el problema yendo al continente para buscar en Crisfield a un afinador de pianos que también daba clases. Venía

28

en el ferry una vez al mes y daba, con nuestro piano, clases a media docena de jóvenes, incluidas Caroline y yo misma. Durante la depresión, aquel hombre estaba encantado de tener un trabajo adicional. A cambio de la comida, cama para una noche y el uso de nuestro piano, lo afinaba y nos daba las clases gratis a Caroline y a mí. Los demás, los hijos de los más acomodados de la isla, le pagaban cincuenta centavos por cada clase. Durante el mes, cada uno de ellos pagaba veinte centavos por semana para poder practicar con nuestro piano. En aquellos tiempos, ochenta centavos adicionales por semana representaban una importante cantidad.

Yo no era ni mejor ni peor que la mayoría. Parece que todos pudimos progresar hasta «Jardines del Campo», pero no pasamos de ahí. Por su parte, Caroline ya ejecutaba a Chopin al cumplir los nueve años. A veces había gente que se paraba delante de la casa simplemente para escucharla practicar.

Cuando me entra la tentación de menospreciar a los pobres o incultos por sus gustos vulgares, veo ante mí la cara de la vieja tía Braxton, inmóvil delante de nuestra valla de estacas, los labios ligeramente abiertos mostrando unas encías casi descarnadas, los ojos resplandecientes, escuchando embelesada una polonesa como si fuera un sustento celestial.

Al cumplir los diez años estaba claro, sin embargo, que el verdadero don de Caroline era su voz. Siempre había podido cantar con claridad y buena entonación, pero a medida que crecía su voz era cada vez más hermosa. El consejo de educación del condado en el continente, cuyo método de administración de la escuela isleña era más bien dejarla en el olvido, de repente, y sin explicaciones, envió un piano a la escuela el año en que Caroline y yo estábamos en quinto de primaria, y al año siguiente, gracias a lo que fue una de las más felices coincidencias, el nuevo profesor nombrado para ocupar uno de los dos puestos docentes de la escuela secundaria era un joven que no sólo sabía tocar el piano, sino que también tenía el talento y la voluntad para organizar un coro. Caroline fue, por supuesto, su inspiración y su punto focal. La juventud isleña tenía poco en que entretenerse, así que cantamos. Y debido a que cantábamos todos los días y a que el señor Rice era un excelente profesor, lo hacíamos sorprendentemente bien, teniendo en cuenta que éramos niños que habíamos conocido poca música en nuestras todavía cortas vidas.

Nos presentamos a un concurso que se celebró en el continente la primavera en que cumplimos trece años y podríamos haber conseguido el primer premio, pero los miembros del jurado se enteraron de que nuestra solista principal no estaba aún en la escuela secundaria y nos descalificaron. El señor Rice se puso furioso, pero nosotros, los niños, creímos que la verdad era que las escuelas del continente se sentían demasiado avergonzadas para dejar ganar a unos isleños, así que se sacaron una regla de la manga para salvar la cara.

Algún tiempo antes, el señor Rice había persuadido a mis padres de que Caroline debía recibir clases de canto. Al principio no aceptaron, no por el tiempo y el esfuerzo que hubiera acarreado llevar a Caroline al continente todos los sábados, sino porque no había dinero. Pero el señor Rice estaba decidido. Llevó a Caroline al colegio universitario en Salisbury e hizo que cantara para el director de la escuela de música. Éste no sólo se mostró de acuerdo en aceptar a Caroline como alumna particular, sino en no cobrarle. Pero aun así los gastos de dos billetes de ida y vuelta en el ferry, además de los del taxi a Salisbury, representaban una increíble carga para el presupuesto semanal; no obstante, Caroline es la clase de persona por la cual los otros hacen sacrificios como la cosa más natural del mundo.

Estaba orgullosa de mi hermana, pero aquel año algo comenzó a supurar por debajo de ese orgullo. A los trece años, la vida comienza a ponerse patas arriba. Lo sé ahora. Pero entonces creía que podía culpar como causa de mis desdichas a Caroline, a mi abuela, a mi madre e incluso a mí misma. Pronto iba a echar la culpa a la guerra.

III

Ni siquiera yo, que leía la revista *Time* de cabo a rabo todas las semanas, esperaba lo de Pearl Harbor. Las maquinaciones de las potencias europeas y el ridículo dictador alemán con su bigotito resultaban tan remotos a nuestra isla en el otoño de 1941 como lo era *Silas Marner*, cuya lectura por poco terminó con nuestras energías en la clase de literatura inglesa de octavo.

Había algunos indicios, pero entonces no logré captarlos: la gran preocupación del señor Rice por la «paz en la Tierra» cuando empezamos, después del Día de Acción de Gracias, a prepararnos para el concierto de Navidad; el retazo de conversación entre mis padres, que oí por casualidad, en la que mi padre se declaraba «inútil» y mi madre contestaba: «Gracias a Dios».

No era una frase que mi madre empleara con frecuencia, pero sí se oía mucho en la isla. Rass había vivido en el temor y la misericordia del Señor desde los primeros años del siglo XIX, cuando Joshua Thomas, *el*

Pastor de las Islas, consiguió la conversión al metodismo de todos los hombres, mujeres y niños que allí vivían. Y seguimos llevando la impronta del viejo Joshua: la escuela dominical y los servicios religiosos las mañanas y tardes de los domingos y el rezo de los miércoles por la tarde, cuando los más fervientes se ponían de pie para atestiguar la misericordia del Señor en la semana anterior y se rezaba por todos los enfermos y los descarriados ante el Trono de la Gracia.

Guardábamos el día de descanso. Eso significaba que no había ni trabajo ni radio ni diversión alguna los domingos. Mas, por una u otra razón, mis padres no estaban en casa aquella tarde del domingo 7 de diciembre de 1941; la abuela estaba roncando con gran vigor en su cama, y Caroline leía algún trabajo de lo más aburrido para el colegio —la única cosa que nos permitían leer el día de descanso, salvo la Biblia—. Así que yo, que estaba más aburrida que una ostra, había ido al salón a poner la radio, muy baja, para que nadie pudiera oírla, apretando mi oreja contra el altavoz.

«Los japoneses, en un ataque por sorpresa antes del amanecer, han destrozado la flota norteamericana en Pearl Harbor. Repito. La Casa Blanca ha confirmado que los japoneses...»

Supe por el escalofrío que recorrió mi cuerpo que eso significaba la guerra. Todas mis lecturas de revistas y los comentarios oídos fortuitamente se reunieron de repente en un dibujo grotesco, pero comprensible. Subí disparada a nuestro dormitorio, donde Caroline, todavía inocente y feliz, yacía tumbada en su cama, leyendo.

—¡Caroline!

Ni siquiera levantó la mirada.

—¡Caroline! —Le quité de un tirón el papel que tenía en las manos—. ¡Los japoneses han invadido América!

—Oh, Wheeze... ¡por favor!

Y casi sin levantar la vista intentó recuperar el papel. Estaba acostumbrada a que no me hiciera caso, pero esta vez no pensaba dejarla salirse con la suya. La así por un brazo, la saqué de la cama y la arrastré por la escalera hasta la radio. Subí el volumen todo lo posible. El hecho de que los japoneses hubieran atacado Hawaii en lugar de invadir el continente norteamericano era una diferencia que no nos parecía digna de análisis. Ella, al igual que yo, quedó totalmente amedrentada por el tono miedoso que ni siquiera la suave voz de barítono del locutor era capaz de disimular. Los ojos de Caroline se abrieron como platos, y mientras escuchábamos, hizo algo que nunca antes había hecho: me tomó de la mano. Permanecimos de pie, las manos apretadas hasta hacernos daño.

Nuestros padres nos encontraron en esa postura. No hubo recriminaciones por haber roto el cuarto mandamiento. El crimen perpetrado por los japoneses borró todo pecado menor. Los cuatro nos acurrucamos delante de la radio. Era uno de esos aparatos terminados en punta que recordaban a una iglesia hecha de madera oscura, con largas ventanas ovaladas por encima de un altavoz tapizado.

Mi abuela se despertó a las seis, con hambre y quisquillosa. Nadie se había acordado de la comida. ¿Cómo pensar en comer cuando el mundo acababa de estallar en llamas? Por fin, mi madre fue a la cocina y preparó unos platos de carne fría y sobras de ensalada de patata, que nos sirvió a los tres agrupados delante de la radio. Hasta nos trajo café. La abuela insistió en comer en la mesa con la misma formalidad de siempre. Caroline y yo nunca habíamos tomado café, y el hecho de que nuestra madre nos lo hubiera servido aquella noche fue para nosotras una señal de que nuestro mundo seguro de siempre ya era cosa del pasado.

En el instante en que iba a tomar el primer sorbo, el locutor, solemne, dijo: «Hacemos ahora una pausa para identificar la emisora». Casi me atraganté. Desde luego, el mundo se había vuelto loco.

Unos días más tarde nos enteramos de que el señor Rice se había presentado voluntario al ejército e iría a la guerra poco después de Navidad. Una mañana, cuando estábamos reunidos para el coro, la ironía de celebrar el nacimiento del Príncipe de la Paz me pareció de repente demasiado. Levanté la mano.

—¿Qué quieres, Louise?

—Señor Rice —dije poniéndome de pie y bajando la voz para que sonara con lo que yo consideraba el tono apropiado para un funeral—. Señor Rice, quiero hacer una propuesta. —Hubo unas cuantas risitas debido a las palabras que elegí, pero las pasé por alto—. Creo, señor, que considerando las circunstancias actuales, deberíamos suprimir la Navidad.

El señor Rice arqueó la ceja derecha.

—¿Quieres explicarte, Louise?

—¿Cómo? —pregunté a la vez que mi mirada abarcaba las caras burlonas de los demás—. ¿Cómo nos atreveremos a celebrarla mientras miles y miles de seres humanos están sufriendo y muriendo en el mundo?

El señor Rice carraspeó.

—Hubo miles que sufrieron y murieron antes de que Cristo naciera, Louise.

Era claro que estaba desconcertado por mi comportamiento. Empecé a lamentar haber empezado, pero ya era demasiado tarde para retroceder.

—Es cierto —contesté en tono grandilocuente—. Pero el mundo no ha visto ni oído nunca de momentos tan trágicos como los que estamos viviendo ahora.

Se oían por toda el aula monosílabos como explosiones que estallaban uno tras otro como tracas chinescas. El señor Rice compuso una cara severa. Yo tenía el rostro como un tomate. No estoy segura de si me avergonzaba más del sonido de mi propia voz o de los bufidos de mis compañeros. Sentía todo mi cuerpo rojo de vergüenza. Los bufidos se convirtieron en risa franca. El señor Rice daba golpecitos con la batuta en su atril para llamar al orden. Creí que tal vez iba a intentar explicar lo que yo había querido decir, actuar como mediador, pero se limitó a decir:

—Ahora, volvamos al principio.

«Que Dios os dé el sosiego,
alegres caballeros,
que os vaya todo bien.»

Todos cantaron, salvo yo. Temía que si abría la boca podría salir aquel enorme sollozo que tenía dentro de la garganta.

Era casi de noche cuando salimos de la escuela. Me fui corriendo antes de que alguien pudiera alcanzarme y me puse a andar, no hacia casa, sino a lo largo de la marisma, por un sendero elevado, hasta llegar a la punta más meridional de la isla. El barro estaba cubierto por una corteza helada de color pardo, y el esparto se hundía bajo el hielo. El viento soplaba despiadadamente a través del erial de Rass, pero el calor producido por la vergüenza y la indignación que llevaba dentro me hizo olvidarlo mientras paseaba. Yo tenía razón. Sabía que tenía razón, así que ¿por qué se habían reído? ¿Y por qué lo había consentido el señor Rice? Ni siquiera intentó explicar lo que yo había querido decir. Sólo cuando llegué al final del sendero y me senté en un gigantesco tocón llevado allí por la corriente, para mirar la enfermiza luna invernal reflejada en el agua negra, me di cuenta del frío que sentía y comencé a llorar.

No puedo olvidar que fue Caroline la que llegó y me encontró allí. Sentada en el tocón, de espaldas a la marisma y a la aldea, estaba llorando con tanta fuerza que no oí el crujido de sus botas.

—Wheeze.

Me volví con brusquedad, enfadada de que me hubiera descubierto así.

—Ha pasado la hora de la comida —me advirtió.

—No tengo hambre.

—Oh, Wheeze —dijo—, hace demasiado frío para que te quedes aquí.

—No pienso volver. Me voy de casa.

—Bien, pero no puedes irte esta noche; no hay ferry

hasta mañana por la mañana. Es mejor que vuelvas para cenar y calentarte.

Caroline era así. Yo esperaba lágrimas y súplicas. Ella ofrecía realidades. Pero eran realidades indiscutibles. Hubiera sido casi imposible escapar en un esquife, fuera cual fuera la estación del año. Lancé un suspiro, me limpié la cara con el dorso de la mano y me levanté para seguirla. Aunque podía haber vuelto a casa por ese sendero con los ojos tapados, me sentí absurdamente agradecida por el agradable consuelo que su oscilante linterna me proporcionaba.

Los pescadores de Rass tenían su propio horario. La comida fuerte, tanto en verano como en invierno, era a las cuatro y media. Así que cuando Caroline y yo entramos, mis padres y la abuela ya estaban comiendo. Creía que mi padre me iba a regañar o que la abuela se metería conmigo, pero por suerte simplemente me saludaron con la cabeza cuando entré. Mi madre se levantó para traernos comida caliente de la cocina, que nos sirvió después de que nos hubiéramos lavado y sentado. Caroline debió de haberles contado lo que había ocurrido en clase. Dudaba de si debía estar agradecida porque se habían apiadado de mí o enfadarme porque lo sabían.

El concierto se celebró la noche del sábado. El domingo era el único día en que los hombres no tenían que madrugar y, por lo tanto, la noche del sábado era la única que los isleños podían pasar frívolamente. No quería ir, pero hubiera sido más difícil no aparecer e imaginar lo que decían de mí que ir y enfrentarme con ellos.

Los chicos habían ayudado al señor Rice a montar

las candilejas, que en realidad no eran más que unas bombillas detrás de unos reflectores hechos de hojalata, pero gracias a ellas el minúsculo escenario al final del gimnasio parecía alejado, como por arte de magia, del público. Mientras estaba de pie en el escenario, frente a los contraescalones, casi no podía distinguir los rasgos de mis padres sentados en el centro de la segunda fila. Me sentía como si nosotros flotáramos en el escenario en otra dimensión del mundo, aislados de los de abajo. Al girar los ojos, las personas se volvían borrosas, como en una película que se ha salido de los dientes del engranaje y está dando vueltas alocadamente sin que nadie detenga la proyección. Creo que canté durante casi todo el programa con la mirada fija en el techo. Era una sensación consoladora, alejarme de un mundo que imaginaba riéndose de mí.

Betty Jean Boyd cantó el solo de «Oh, Noche Santa», y casi no me inmuté cuando su voz se apagó al cantar la palabra «resplandeciente». A Betty Jean se la consideraba poseedora de una hermosa voz. Cualquier otra generación de Rass la hubiera adorado por ello, por desafinada que fuera, pero en mis tiempos todo Rass había oído cantar a Caroline. Nadie hubiera aguantado una comparación semejante. Pobre Betty Jean. No acertaba a entender por qué el señor Rice le había dado ese solo. Caroline lo había cantado el año anterior. Todo el mundo lo iba a tener presente. Pero este año el señor Rice había elegido para Caroline una canción muy sencilla. Me había enfadado la primera vez que él nos la había cantado. Al fin y al cabo, la voz de Caroline era el tesoro de

39

nuestra escuela. ¿Por qué había dado a Betty Jean una canción ostentosa y a Caroline tan extraña y apagada melodía?

El señor Rice dejó el piano y se quedó delante de nosotros, sus brazos colgando, sus largos dedos ligeramente curvados. Sus oscuros ojos iban de un lado para otro, obligando a cada uno a mirarle fijamente. Se oyeron unas cuantas toses corteses procedentes de la oscuridad a su espalda. Había llegado el momento. Dentro de pocos segundos iba a empezar. No me atreví a desviar los ojos de la cara del señor Rice hasta la cabeza de Caroline, que estaba en la última fila, dos detrás de mí y a mi derecha, pero tenía el estómago hecho un nudo por ella.

Las manos del señor Rice bajaron, y de repente surgió la voz de Caroline desde el centro de la última fila igual que un simple destello que rompe la oscuridad:

«Me pregunto mientras paseo bajo el cielo
por qué Jesús nuestro Salvador vino a morir
por pobre gente ordinaria como tú y yo,
me pregunto mientras paseo bajo el cielo.»

Era un sonido tan melancólico, pero tan claro, tan hermoso, que apreté los brazos contra los costados para no empezar a temblar, o tal vez a estallar. Entonces todos empezamos a cantar, mejor que durante toda la noche, mejor que nunca, de repente juzgados, condenados y purificados a la luz de Caroline.

Volvió a cantar sola, repitiendo las palabras de la primera estrofa con la voz tan baja que estaba segura de que iba a quebrarse a medida que subía sin esfuerzo, con tanta dulzura y suavidad, al sol agudo, deteniéndose allí unos cuantos segundos más de lo que era humanamente posible y después bajando a las últimas notas y luego al silencio.

Hubo de repente un intenso estallido de aplausos que retumbaron por la habitación como una matraca. Di un respingo, al principio sobresaltada por el ruido y luego enfadada. Desvié la mirada desde el montón oscuro y ruidoso hacia el señor Rice, pero él estaba saludando al público. Hizo un ademán a Caroline para que se adelantara y bajara, y ella aceptó. Y cuando volvió hacia su sitio me puse furiosa al ver su sonriente cara luciendo sus hoyuelos. Estaba encantada consigo misma. Tenía en su rostro la misma expresión que después de ganarme de modo aplastante a las damas.

Cuando dejamos el gimnasio, las estrellas eran tan luminosas que me arrastraban hacia el cielo como poderosos imanes. Anduve, con la cabeza echada hacia atrás, mi pecho casi plano apretado contra el seno del cielo, mareada por su resplandor parpadeante.

«Me pregunto mientras paseo...»

Posiblemente me hubiera ahogado en tanta maravilla si Caroline, que iba andando delante con mis padres, no se hubiera vuelto para decir mi nombre con brusquedad:

—Wheeze, mejor que mires por dónde vas —dijo—, te vas a romper la crisma.

Ella se había adelantado a mis padres en la calle estrecha y empezó a caminar hacia atrás, supuse que para observarme.

—Métete en tus asuntos —le grité agriamente, molesta y avergonzada de que me hubiese arrebatado de las estrellas. De repente me di cuenta de lo frío que se había vuelto el viento. Ella se rió alegremente y siguió andando hacia atrás mucho más de prisa. No había peligro de que chocara contra algo. Nunca resbalaba o se daba golpes contra nada. Eso, parecía estar diciendo, era lo que yo hacía, y suficientes veces para las dos.

La abuela tenía problemas de artritis y no salía las noches de invierno, ni siquiera para asistir a reuniones religiosas. Así que al llegar a casa tuvimos que contarle todo sobre el concierto. Caroline era quien más hablaba, cantando un trozo de una u otra para recordar a la abuela diferentes canciones navideñas que ésta decía no conocer.

—¿Volviste a cantar «Oh, Noche Santa»?

—No, abuela, ¿no te acuerdas? Te dije que Betty Jean Boyd iba a cantarla este año.

—¿Por qué? Tienes mucha mejor voz que ella.

—Caroline cantó otra canción este año, mamá. —Mi madre nos estaba preparando chocolate y de vez en cuando intervenía con unas palabras desde la cocina—. Betty Jean lo hizo muy bien.

Caroline me echó una mirada y pegó un bufido. Yo sabía que esperaba que la defendiera frente a mamá, pero no iba a hacerlo. Si Caroline quería ponerse en plan presuntuoso con respecto a Betty Jean, que lo hiciera sola.

Caroline empezó a imitar a Betty Jean cantando «Oh, Noche Santa». Lo hizo casi a la perfección, con voz una pizca más mate y temblorosa que la de Betty Jean y parodiando sus pretenciosos «oh» y «ah». Terminó la imitación con un alarido lastimero y muy desafinado y nos miró sonriente, esperando el beneplácito de la familia.

Durante todo ese rato pensaba que mis padres le iban a llamar la atención, invocando, si no otra cosa, lo cercanos que estaban los vecinos. Pero nadie dijo nada. Y ahora, al terminar, esperaba nuestros aplausos. Y llegaron bajo la apariencia de una sonrisa que empezó a formarse en las comisuras de la boca de mi padre. Caroline se rió alegremente. Era todo lo que quería.

Con toda seguridad, mamá protestaría. Pero sólo sirvió a la abuela una taza de chocolate para que lo bebiera en su silla.

—Toma tu chocolate, mamá —dijo.

Caroline y yo nos acercamos a la mesa para tomar nuestras tazas, mi hermana todavía sonriendo. Tenía unas ganas locas de darle una bofetada en la boca, pero me controlé.

Aquella noche me acosté con una sensación de vacío en mi interior. Recé las oraciones, intentando dominar así aquella sensación con el ritual, pero seguía escurriéndose por entre los bordes gastados de las palabras. Hacía dos años que ya no decía «Ahora que me voy a dormir», considerándola una oración demasiado infantil, y desde entonces la había sustituido por el «Padre nuestro», seguido por la fórmula de varios «Que Dios bendiga» a tal o cual persona. Pero aquella noche en la oscuridad se coló, sin que pudiera hacer nada, el «Ahora que me voy a dormir».

«Ahora que me voy a dormir
rezo al Señor que guarde mi alma
y si muriera antes de despertarme
rezo al Señor para que mi alma tome.»

«Si muriera...» Eso no venció el vacío. Más bien lo agarraba y lo arrancaba, haciéndolo aún más grande y oscuro. «Si muriera...» Intenté espantar las palabras con «Verdaderamente, aunque atraviese el valle de la sombra de la muerte no temeré el mal, estás conmigo...». Pero había algo en eso de pensar que Dios está conmigo que me hizo sentirme más sola que nunca. Era como estar a solas con Caroline.

Ella tenía tanta seguridad, tanta presencia, era tan natural, tan radiante y alegre, mientras que yo era tan gris y sombría... No es que fuera fea o monstruosa. Hubiera sido mejor. Los monstruos siempre llaman la atención, aunque sólo sea porque son deformes. Mis padres estarían desesperados y tratarían de compensarme de una forma u otra, como hacen los padres que tienen hijos minusválidos o excesivamente feos. Hasta Call, con una nariz demasiado grande para su pequeña cara, tenía una especie de fealdad satisfactoria. Y su madre y su abuela se preocupaban bastante por eso. Sin embargo, yo nunca había causado a mis padres «ni un momento de preocupación». ¿No sabían que si te preocupas por alguien significa que esa persona te importa? ¿No se habían dado cuenta de que necesitaba su preocupación para estar segura de que valía para algo?

Estaba preocupada por ellos. Temía por la seguridad de mi padre cada vez que había temporal en la bahía y por la de mi madre cada vez que hacía el viaje en ferry hasta el continente. Leía los artículos que encontraba en las revistas de la biblioteca de la escuela sobre la salud y los sometía a exámenes mentales y físicos y consideraba la buena salud de su matrimonio. «¿Puede durar este matrimonio?» Probablemente, no. No tenían nada en común, por lo que yo entendía de los cuestionarios que leía. Hasta me preocupaba de Caroline, aunque, ¿por qué iba yo a tomarme la molestia cuando los demás pasaban su vida inquietándose por ella?

Deseaba ardientemente que llegara el día en que tuvieran que hacerme caso, ocupándose y preocupándose de mí como merecía. Una de mis fantasías más disparatadas era una escena basada en los sueños de José. José había soñado que un día todos sus hermanos y sus padres se inclinarían ante él. Intenté imaginar a Caroline inclinándose ante mí. Al principio, por supuesto, se negaba, pero después una mano gigantesca descendía del cielo y le daba un empujón para que se arrodillara. Su cara se ponía oscura. «Oh, Wheeze», y empezaba a disculparse. «No me llamarás Wheeze en adelante, sino Sara Louise», dije solemnemente, sonriendo en la oscuridad, rechazando el apodo con que me había empequeñecido desde que teníamos dos años.

IV

«Odio el agua.»

Ni siquiera me molesté en levantar la vista del libro. La abuela disponía de dos frases de las que siempre echaba mano. La primera era «Quiero a nuestro Señor», y la segunda, «Odio el agua». Antes de cumplir los ocho años, yo era ya del todo inmune a las dos.

—¿A qué hora llega el ferry?

—A la misma hora de siempre, abuela.

Sólo deseaba que me dejara con mi libro, una historia deliciosamente terrorífica acerca de unos niños capturados por una banda de piratas en las Indias Occidentales. Era de mi madre. Todos los libros eran suyos, excepto las Biblias adicionales.

—No seas impertinente.

Lancé un suspiro, dejé el libro y, con una paciencia muy exagerada, dije:

—El ferry llega alrededor de las cuatro, abuela.

—Seguro que hay viento del noroeste —dijo ella con

tristeza—. Probablemente tendrá el viento en contra durante todo el viaje.

Mecía lentamente el sillón con los ojos cerrados. O casi cerrados. Yo siempre tenía la sensación de que no cerraba los párpados del todo para seguir atisbando.

—¿Dónde está Truitt?

—Papá está trabajando en el barco, abuela.

Abrió los ojos de par en par y se incorporó.

—¿No está recogiendo ostras?

—Ahora no, abuela. Estamos en abril.

Eran las vacaciones de primavera, y yo sin otra cosa que hacer que acompañar a una vieja lunática.

Volvió a recostarse. Pensé que iba a decirme de nuevo que dejara de ser impertinente para no perder la costumbre, pero, en cambio, comentó:

—El ferry de Billy es muy viejo. Un día de ésos se va a hundir en medio de la bahía, y nadie podrá jamás encontrar ni los restos.

Sabía que los temores de la abuela no tenían fundamento, pero siempre se me formaba un nudo en el estómago.

—Abuela —dije, tanto para su tranquilidad como para la mía—, no hay problema. El gobierno lo inspecciona cada dos por tres. Un ferry tiene que ser seguro, o no le dan la licencia. El gobierno controla eso.

Ella sopló desdeñosamente.

—¿Es que Franklin D. Roosevelt piensa que puede controlar toda la bahía del Chesapeake? ¿Cómo va un gobierno a controlar toda esa agua?

«Dios piensa que es Franklin D. Roosevelt.»

—¿A qué viene esa sonrisita? No es para sonreírse.

47

Chupé para adentro mis mejillas para componer una cara solemne.

—¿Quieres café, abuela?

Si le preparaba un café, podría distraerla, y tal vez me dejase en paz para poder continuar la lectura del libro.

Metí el libro debajo del cojín del sofá, porque había en la portada una ilustración de un gran buque velero. No tenía ganas de ponerla nerviosa si veía que yo estaba leyendo un libro sobre el mar. Las mujeres de mi isla no debían amar el agua. El agua era el reino salvaje e indomable de nuestros hombres. Y aunque el agua era el elemento dentro del cual nuestra pequeña isla vivía, se movía y existía, las mujeres se resistían al poder que ejercía en sus vidas, de la misma forma que una mujer finge no conocer la existencia de la amante de su marido. Para los hombres de la isla, salvo el predicador y algún profesor ocasional, la bahía era una pasión que lo monopolizaba todo. Dominaba sus horas de trabajo, minaba su fuerza física y de vez en cuando exigía de modo trágico carne humana.

Supongo que sabía que yo no tenía futuro en Rass. ¿Cómo podría habituarme a una vida de espera pasiva? Esperar a que llegaran los barcos por la tarde, esperar en el cobertizo de los cangrejos hasta que éstos perdieran sus cáscaras, esperar en casa a que nazcan los niños y esperar a que crezcan, esperar que al final el Señor me lleve a su mansión...

Serví a la abuela el café y permanecí cerca mientras ella sorbía ruidosamente el aire y el café.

—Le falta azúcar.

Mostré de repente el azucarero que había escondido a mi espalda. Era evidente que estaba molesta porque había previsto su queja. Veía por su cara que buscaba la manera de pillarme en falta.

—Hmmm —dijo por fin con una vocecita chirriante, y metió dos cucharadas de azúcar en la taza.

No me dio las gracias, pero tampoco lo esperaba. Estaba tan pagada de mí misma por haberle ganado que comencé a silbar «Alabad al Señor y Pasad la Munición» mientras devolvía el azucarero a la cocina.

—Mujeres que silban y gallinas que cacarean siempre terminan mal.

—Oh, no sé, abuela, puede que estemos metidas en un terrorífico espectáculo de circo.

Era claro que estaba escandalizada, pero no podía determinar a ciencia cierta cuál había sido mi pecado.

—No debieras, no debieras.

—¿Silbar?

—¡Impertinente! —casi gritó.

Habiendo vencido, puse cara seria simulando humildad.

—¿Quieres algo más, abuela?

Refunfuñaba y sorbía ruidosamente el café sin contestar, pero tan pronto como hube vuelto a mi libro y me acomodé en el sofá leyéndolo, dijo:

—Ya son casi las cuatro.

Hice como que no la oía.

—¿Irás a esperar el ferry?

—No pensaba hacerlo.

—No te vendría mal pensar un poco. Seguro que tu mamá viene cargada de bolsas de comida.

—Abuela, Caroline está con ella.

—Sabes perfectamente que esa niña no tiene fuerza para llevar bolsas pesadas.

Podía haber respondido muchas cosas, y todas de mala educación, así que mantuve la boca cerrada.

—¿Por qué me miras así? —preguntó.

—¿Mirarte cómo?

—Con ojos como dagas. Como si tuvieras ganas de matarme de una puñalada. Simplemente, quiero que ayudes a tu madre.

Era inútil discutir. Subí al dormitorio con mi libro y lo escondí en el cajón de la ropa interior. La abuela nunca metía la nariz ahí. Pensaba que la moderna ropa interior femenina era indecente, y si no exactamente «obra del diablo», por ahí andaba la cosa. Tomé el anorak, porque el viento era frío, y bajé. Cuando iba a salir, la mecedora se detuvo.

—¿Quieres decirme adónde vas?

Casi estaba fuera de mí. Pero mantuve la voz tan plana como me fue posible cuando le dije:

—A esperar el ferry, abuela. ¿No te acuerdas? Me acabas de decir que debería ayudar a mamá a traer las bolsas de comida.

Tenía la mirada perdida.

—Bueno, date prisa —contestó por fin, meciéndose de nuevo—. No me apetece esperar aquí sola.

Un grupo pequeño de isleños había llegado a pie o en bicicleta y estaba ya esperando la llegada del ferry. Me saludaron cuando llegué arrastrando el carro de metal rojo que utilizábamos para llevar cargas.

—¿Viene tu mamá?

50

—Sí, señorita Letty. Tenía que llevar a Caroline al médico.

Todos pusieron cara de condolencia.

—Esa niña siempre ha sido delicada.

Era inútil callar; además, esta vez me daba igual.

—Tenía un dolor de oído, y la enfermera pensó que sería mejor que la viera el doctor Walton.

Las cabezas se movieron aprobadoramente.

—Nunca se puede tener demasiado cuidado con un dolor de oído.

—Desde luego que no. ¿Te acuerdas, Lettice, cuando el pequeño Buddy Rankin tenía el oído malo? Martha no le hizo caso, y cuando quisieron darse cuenta estaba ardiendo de fiebre. Un milagro del Señor que el niño no se quedara sordo, decían.

El pequeño Buddy Rankin era un veterano pescador con dos hijos ya. Me pregunté en vano qué recuerdo tendrían de mí dentro de veinte o treinta años.

Otis, el hijo del capitán Billy, salió del deslustrado cobertizo donde preparaban los cangrejos. Eso significaba que el ferry estaba entrando. Anduvo hasta el final del muelle preparado para atrapar las amarras. Los que estábamos esperando dejamos la protección del edificio para contemplar el barco entrar renqueando. Era pequeño e, incluso antes de que estuviera bastante cerca como para ver su pintura reseca, parecía medio hundido en el agua. La abuela tenía razón. Era un barco viejo, cansado. El barco de mi padre no tenía nada de nuevo. Había sido de otro pescador antes de que lo comprara, pero estaba todavía animoso y robusto, como un hombre que ha pasado toda su vida en el agua. El ferry del capitán Billy, aunque mucho más grande, se iba arrugando como una vieja a la que no le queda en este mundo más que esperar. Me abroché el anorak para protegerme del viento y me puse a mirar a Edgar y Richard, los hijos del capitán Billy, que habían saltado al muelle y ayudaban a Otis a amarrar el ferry con pasos ágiles y experimentados.

Mi padre se me acercó. Me sonrió y me apretó un brazo como saludo. Por un momento creí que me había visto desde su barco y por eso había venido a saludarme. Luego vi cómo su mirada giraba hacia la compuerta de la cabina de la cubierta inferior. Era a mamá a la que había venido a esperar y, por supuesto, a Caroline. La cabeza de ésta fue la primera que se asomó por la abertura, protegida del viento por un pañuelo azul celeste. Los cabellos revueltos que se escapaban le daban el aspecto de una chica sana y vivaz como las de los anuncios de cigarrillos.

—¡Hola, papá! —saludó al salir—. Mamá, ha venido papá —dijo por encima del hombro mirando hacia la cabina.

Se asomó la cabeza de mamá. Le estaba costando mucho más que a Caroline subir la escalera porque llevaba, además, una bolsa muy grande, una enorme bolsa de comida. Entretanto, Caroline, con pasos ligeros, pasó por la estrecha cubierta y saltó fácilmente al muelle. Dio un beso a papá en la mejilla, un gesto que siempre me daba vergüenza. Caroline era la única persona a la que yo conocía que daba besos en público. Era, sencillamente, una cosa que no se hacía en nuestra isla. Al menos no lo intentaría conmigo, de eso estaba segura. Movió la cabeza, sonriéndome.

—Wheeze —dijo, y le devolví el saludo sin sonreír.

Papá pasó a la cubierta, donde a medio camino tomó la bolsa de comida que llevaba mamá. No se tocaban innecesariamente, pero sonreían y se hablaban cuando bajaron del barco.

—Oh, Louise. Te agradezco que hayas traído el carro, hay más comida en la bodega.

Sonreí, orgullosa de haberlo previsto, olvidando convenientemente que había sido la abuela la que me había enviado al muelle.

Salieron dos mujeres más de la cabina, y luego, para mi sorpresa, un hombre. Los hombres solían hacer el viaje arriba en el puente, con el capitán Billy. Aquel hombre era viejo, y nunca le había visto. Tenía el cuerpo robusto de un pescador. Su pelo, debajo de un gorro de marinero, era blanco y espeso y le cubría hasta la mitad de la nuca. Tenía bigote y barba espesos, también blancos, y llevaba un fuerte abrigo de invierno, a pesar de que estábamos en abril. Sostenía lo que yo imaginaba que se podría llamar una *valise*. Debía de pesar mucho, porque la depositó en el muelle mientras esperaba con calma a que los hijos del capitán Billy subieran las maletas y las bolsas de comida que estaban en la bodega.

Mamá señaló con el dedo sus dos cajas, que mi padre y yo cargamos con esfuerzo en el carro. Eran demasiado grandes para caber planas en el fondo del carro, así que tuvimos que colocarlas inclinadas. Sabía que tendría que ir a paso de tortuga, porque si tropezaba con un bache habría comida desparramada por toda la calle.

No quité el ojo de encima del forastero en todo ese tiempo. Dos vetustas maletas más y un pequeño baúl

53

fueron subidos y colocados a su lado. Ahora todas las miradas se volcaron en él. Nadie venía con tanto equipaje si no pensaba quedarse algún tiempo.

—¿Le espera alguien? —le preguntó Richard amablemente.

El viejo dijo que no con la cabeza, a la vez que miraba todas aquellas maletas amontonadas a su alrededor. Parecía un niño pequeño que se hubiera perdido.

—¿Tiene algún lugar a donde ir? —inquirió el joven.

—Sí.

Se subió el cuello del abrigo como para protegerse contra el viento frío de la isla y se caló el gorro casi hasta sus pobladas cejas.

Por entonces ya se había convertido en el centro de atención del grupo en el muelle. En la isla no había más secretos ni sorpresas que el tiempo. Pero allí estaba un hombre totalmente desconocido. ¿De dónde venía y dónde pensaba vivir?

Sentí el codo de mi madre.

—Vamos —dijo tranquilamente, despidiéndose de mi padre con la cabeza—. La abuela estará preocupada.

Pocas veces me había sentido tan exasperada: tener que ir a casa cuando empezaba a desarrollarse un drama. Pero tanto Caroline como yo obedecimos, dejando detrás la pequeña escena del muelle, progresando lentamente por la angosta calle hecha de valvas de ostras, entre las vallas de estacas que rodeaban cada casa. No cabían más de cuatro personas juntas en la calle. Las valvas de ostras aplastadas hicieron que el carro traqueteara, y sentía las vibraciones en mis dientes.

Había tan pocas tierras altas en Rass, que durante

generaciones enterramos a nuestros muertos en los jardines delante de las casas. Así que pasar por la calle mayor era pasar entre las tumbas de nuestros antepasados. Cuando era niña no lo pensaba dos veces, pero cuando llegué a la adolescencia empecé a leer los versos grabados en las lápidas con cierto placer melancólico:

«Madre ¿te has ido para siempre?
¿A una tierra luminosa y linda?
Mientras tus hijos lloran sin parar
¿Nos oyes? ¿No te importa?»

La mayoría tenían un sabor más desafiantemente metodista:

«Dios te guardará angelito
hasta que nos reunamos contigo.
Dura un momento nuestra tristeza,
pero la felicidad es eterna en el cielo.»

Mi favorito era uno dedicado a un joven que había muerto hacía más de cien años, pero que era un personaje recurrente en mis fantasías románticas.

«Oh, con valor nos dejaste
navegando hacia una costa extranjera.
Con qué pesar se rompieron nuestros corazones
al pensar en Nunca Más.»

Murió a los diecinueve años. Fantaseaba que me hubiera casado con él, de haber vivido.

Tenía que concentrarme en la comida. Mamá todavía llevaba una gran bolsa con asas. Caroline no resistía ir tan lenta como nosotras dos y brincaba hacia adelante y luego retrocedía para seguir contándome algunos detalles de su viaje al continente. Una de esas veces, cuando venía hacia nosotras, de repente bajó la voz.

—Ahí está. Ahí está el hombre del ferry.

Miré por encima del hombro, teniendo cuidado de sujetar con la mano libre las cajas de comida.

—No seáis maleducadas —nos dijo mamá.

Caroline se inclinó hacia mí.

—Edgar lleva todas sus cosas en el carro.

—Cállate —advirtió mamá—. Date la vuelta.

Caroline tardó en obedecer.

—¿Quién es, mamá?

—No lo sé.

A pesar de su edad, el paso del hombre era asombrosamente ligero. Nosotras no pudimos apresurarnos debido al carro, así que nos rebasó y marchó decididamente por la calle adelante como si supiera exactamente a dónde iba. Ya había perdido todo aquel aire de niño perdido. La casa de los Robert era la última de la calle, pero la pasó de largo y se dirigió hacia donde la calle de conchas terminaba y empezaba un sendero que atravesaba la marisma meridional.

—¿Adónde piensa ir? —preguntó Caroline.

La única cosa que había más allá de la marisma era una casa abandonada desde hacía mucho tiempo.

—Me pregunto... —comenzó a decir mamá, pero ya entrábamos en el jardín y no terminó la frase.

V

El desconocido del ferry no dio ninguna explicación sobre su presencia en la isla. De un modo progresivo, el pueblo de Rass se formó una, basada en antiguos recuerdos, copiosamente alimentados de rumores. El hombre había ido a la casa de los Wallace, que llevaba veinte años abandonada desde la muerte del capitán Wallace seis meses después de la de su mujer, y había encontrado la casa sin tener que preguntar a nadie el camino y se instaló y comenzó a repararla como si fuera suya.

—Es Hiram Wallace —anunció la abuela. Todos los que habían pasado de la cincuentena llegaron a la misma conclusión—. Los viejos creían que estaba muerto. Pero ha vuelto. Demasiado tarde para consolar a ninguno de los dos.

Poco a poco, forzando mi escasa paciencia hasta su límite, fue surgiendo la historia de Hiram Wallace. La abuela de Call le contó que cuando era niña había un joven pescador con ese nombre, hijo único del capitán Charles Wesley Wallace. Eran todavía los días en que todos los barcos de la bahía se dedicaban a la pesca de bajura, antes de que los cangrejos dieran dinero. El capitán Wallace y su hijo buscaban ostras en invierno, y en verano pescaban con redes, principalmente sábalo y pescado de roca. El tamaño de su casa, que estaba apartada del resto de la aldea, era prueba de lo bien que les iba. Según los recuerdos de mi abuela, disponían de terreno suficiente como para tener un prado donde pacía una de las pocas vacas que hubo en la isla en toda su historia.

Lo que quedaba del terreno se había convertido en ciénaga, pero la casa, aunque en mal estado, sobrevivió. Nosotros, los niños, siempre la habíamos considerado embrujada. Había leyendas que explicaban que el fantasma del capitán Wallace se aparecía para espantar a los intrusos. Me costó años darme cuenta de que se contaban esos cuentos de fantasmas con el fin de meter miedo a las parejas de novios, para que no emprendiesen la bajada por el sendero hacia la vieja casa de los Wallace y se aprovechasen de su aislamiento.

Un día convencí a Call para que explorara conmigo la casa, pero en el momento en que estuvimos en el porche, un enorme gato anaranjado salió de una ventana rota maullando. Fue la única vez en nuestras vidas que Call corrió más aprisa que yo. Nos sentamos en el escalón delantero de casa para recobrar aliento. La mitad de mi cerebro me decía que sólo había sido uno de los gatos de la tía Braxton. Se decía que tenía dieciséis, y cualquiera que pasara por delante de su puerta juraría por el olor que había cuando menos ésos o muchos más. La otra mitad de mi cerebro se negaba a creer en algo tan sencillo.

—¿Has oído hablar alguna vez —pregunté— de fantasmas que toman la forma de algún animal cuando están enfadados?

Ahora que podía respirar normalmente, mi voz parecía deslizarse en un ensueño. Call volvió bruscamente la cabeza para mirarme.

—¡No! —respondió.

—Lo leí en un libro —empecé a improvisar, pues jamás existió dicho libro—. En él, un científico investigaba lugares donde se decía que había fantasmas. Empezaba diciendo que no existían, pero como era un científico, admitía finalmente que había ciertas cosas imposibles de explicar.

—¿Qué cosas?

—Oh. —Me puse a pensar de prisa mientras seguía arrastrando las sílabas—. Bien, ciertas bestias peludas que asumen la personalidad de una persona muerta.

Call estaba visiblemente agitado.

—¿Qué quieres decir?

—Bueno, por ejemplo, supongamos que el viejo capitán Wallace no tenía ganas de visitas cuando vivía.

—Es cierto —dijo Call sombríamente—. Me lo contó mi abuela. Después de irse Hiram, vivían muy solos. Casi nunca hablaban con nadie.

—¿Te das cuenta?

—¿De qué?

—Quisimos hacerle una visita sin que nos hubiera invitado —susurré—. Nos chilló para que nos fuéramos.

Los ojos de Call se abrieron como platos.

—Lo estás inventando —dijo.

Pero me di cuenta de que creía en mis palabras.

—Sólo hay una manera de estar seguros —dije.

—¿Qué quieres decir?

Me arrimé a él y susurré otra vez:

—Volver para ver qué pasa.

Se puso en pie de un brinco.

—¡Es hora de cenar!

Y salió del jardín.

A conciencia, le había presionado demasiado. Nunca pude convencer a Call para que volviera conmigo a la vieja casa y, por una razón u otra, nunca logré convencerme a mí misma de volver sola.

Ahora había allí un viejo desconocido, la casa ya no estaba vacía y toda la isla intentaba aclarar el misterio. Todos los viejos estaban de acuerdo en que Hiram Wallace había sido la esperanza de todos los corazones femeninos de la isla cuando era joven, pero había dejado Rass con la bendición y el dinero de su padre para ir a la universidad. Era tan infrecuente que alguien de la isla se marchara para estudiar una carrera universitaria, que todavía seguían hablando de ello cincuenta años después. La gente también recordaba, aunque ese punto era muy discutido, que volvió a casa sin terminar los estudios y que había, no se sabía muy bien cómo, cambiado. Ya antes de marcharse no era muy sociable, pero una vez hubo regresado no abrió la boca jamás. Esto hizo que los corazones de las jovencitas latieran aún con más fuerza, y nadie sospechó lo que le había pasado hasta el día del temporal.

La bahía es famosa por sus repentinos temporales estivales. Antes de que aprendan a leer en la escuela, los pescadores aprenden a leer el cielo y a buscar la seguridad de una caleta a la primera señal de peligro. Pero la bahía es ancha, y a veces un lugar seguro queda lejos. En los viejos tiempos, los pescadores arriaban las velas y las utilizaban para protegerse de la lluvia.

Ésta es la historia que contaban los viejos: el capitán Wallace y su hijo Hiram habían arriado velas y esperaban a que remitiese el temporal. El relámpago fue tan luminoso y cayó tan cerca que pareció atravesar la espesa lona de la vela, rugiendo y echando chispas como para despertar a los muertos en el fondo del mar. Ahora bien, un hombre que no tiene miedo en un momento así es un hombre que no tiene bastante sentido común como para faenar en el mar. Pero el miedo es una cosa. Dejar que el miedo te coja por el rabo y te voltee es otra cosa. Eso, según la abuela de Call, es lo que ocurrió con Hiram Wallace: aterrorizado por la idea de que un rayo iba a caer sobre el alto mástil del barco de su padre, salió como un loco de debajo de la protección de la vela, asió una hacha y cortó el mástil a ras de la cubierta. Una vez terminado el temporal, fueron vistos a la deriva en la bahía y remolcados hasta el muelle por un vecino solícito. Cuando todo el mundo se dio cuenta de que el mástil había sido cortado y no partido por un rayo, Hiram Wallace se convirtió en el hazmerreír de los pescadores. Poco después dejó la isla para siempre...

Así pues, el viejo que estaba arreglando la casa de los Wallace era aquel joven guapo y cobarde que se había marchado hacía casi cincuenta años. Nunca dijo que lo fuera, pero tampoco dijo lo contrario. Algunos creían que se debía enviar una delegación a preguntarle abiertamente quién era, porque si no era Hiram Wallace, ¿qué derecho tenía para apoderarse de la propiedad de los Wallace? Nunca se envió la delegación.

Abril estaba cerca. El mes de menos actividad de los pescadores estaba terminando. Comenzaron las prisas para recalafatear, pintar y reparar los barcos. Los cangrejos empezaban a moverse, y los hombres tenían que estar preparados para pescarlos.

—Te apuesto a que no es Hiram Wallace —le dije a Call un día, a principios de mayo.

—¿Y por qué no?

—¿Por qué iba a venir a Rass en plena guerra?

—Porque es viejo y no tiene adónde ir.

—Oh, Call. Piénsalo. ¿Por qué vendría una persona aquí, a la bahía, justamente ahora?

—Porque es viejo.

—La bahía está llena de los barcos de guerra de Norfolk.

—¿Y qué? ¿Qué tiene eso que ver con Hiram Wallace?

—Nada. Por eso, tonto. ¿A quién le interesan los barcos de guerra?

—A la marina.

—¿No lo entiendes, Call?

—No hay nada que entender.

—Barcos de guerra, Call. Piensa. ¿Qué sitio mejor para espiar a unos barcos de guerra que una casa solitaria a orillas del mar?

—Lees demasiado.

—Supongo que si alguien atrapa a un espía lo llaman a la Casa Blanca y lo cubren de medallas.

—No he oído de ningún niño que haya atrapado a un espía.

—Justamente. Si dos niños sorprendieran a un espía...

—Wheeze. Es Hiram Wallace. Mi abuela lo sabe.

—Ella cree que es Hiram Wallace. Eso es lo que él quiere que todos piensen. Así no sospecharán de él.

—¿Sospechar de qué?

Lancé un suspiro. Era evidente que tenía un camino muy largo que recorrer para llegar a ser una agente del contraespionaje, que era lo que yo soñaba por las noches hasta quedarme dormida: poder llevar a cabo increíbles hazañas en pro de mi país. La cantidad de medallas que Franklin D. Roosevelt había colgado de mi cuello o puesto sobre mi pecho hubieran abastecido al ejército con suficiente metal para hacer un tanque. Había el toque final con que yo cerraba la ceremonia.

«Tome, señor presidente —decía, devolviéndole la medalla—, úsela para nuestros chicos en el frente.»

«Pero, Sara Louise Bradshaw...» A pesar de sus múltiples pifias, Franklin D. Roosevelt siempre me llamaba por mi nombre completo. «La medalla es tuya. La has ganado por tu astucia y tu valor. Guárdala y dásela a los hijos de tus hijos.»

Yo sonreía con cierta ironía. «¿Cree usted, señor presidente, que con la vida que llevo viviré el tiempo suficiente para tener hijos?» Esta pregunta siempre reducía a Franklin D. Roosevelt a un silencio impregnado de asombro.

En mis sueños siempre realizaba las hazañas sola, pero en la vida real eso me parecía egoísta. Además, estaba acostumbrada a hacer las cosas con Call.

—Vale, Call. Primero, hemos de tener un plan.

—¿Un plan para qué?

—Para atrapar a ese espía alemán con las manos en la masa.

—No vas a sorprender a ningún espía.

—¿Por qué?

—Porque no es un espía. ¿Qué se puede hacer con un hombre que no tiene fe?

—Bien, entonces, ¿quién es? A ver si puedes contestarme a eso.

—Hiram Wallace.

—¡Rayos!

—Otra vez con tus palabrotas. Mi abuela...

—No estoy usando palabrotas. Las palabrotas son «Dios», «infierno» y «maldición».

—¿Lo ves?

—Call. ¿Y si preparamos un juego? Para divertirnos, vamos a hacer como si fuera un espía y nosotros tuviéramos las pruebas.

Puso cara indecisa.

—¿Como con tus chistes?

—Sí. No. —A veces Call era perfectamente sensato; otras veces parecía tener menos sentido común que un niño de seis años—. Es como un juego, Call. —No esperé su contestación—. Vamos.

Y me puse a correr por el sendero que atravesaba el terreno pantanoso, con Call dando bufidos detrás de mí.

Si la familia de Call era tan pobre como decía mi abuela, no entendía cómo él estaba tan gordo. También era cierto que tanto su madre como su abuela eran gordas. Yo creía que los pobres eran flacos. Pero las pruebas parecían contradecir esa idea. Y cuando corría, Call tenía otros problemas, además de su peso. Al igual que todos nosotros, compraban sus zapatos en un negocio de ventas por correo, Sears Roebuck. Una vez elegidos los zapatos de su catálogo, colocabas tus pies encima de ese papel recio que se usa para envolver paquetes y tu madre dibujaba las siluetas. Hacías llegar esos dibujos al almacén de ventas, y te enviaban zapatos del tamaño de los pies recortados del papel de envolver. Sin embargo, el almacén no podía saber por los dibujos cómo tenías el empeine. Por esta razón, Call nunca conseguía zapatos cuyos cordones pudiera atar adecuadamente. La parte superior de sus pies era tan gorda que una vez que había pasado el cordón por los ojales no podía hacer el nudo. Por eso, cuando corría, los zapatos se desataban en seguida y los pies se salían continuamente por los talones.

La marea estaba baja, así que dejé el sendero y empecé a cruzar la marisma. Mi plan era mantenerme a una prudente distancia de la vieja casa de los Wallace y acercarme a ella por el lado sur. El viejo no esperaría que llegara gente desde esa dirección.

—¡Espérame! —gritó Call—. He perdido un zapato.

Volví a donde estaba Call, con un pie levantado que parecía un pichón gordo.

—No puedo sacar el zapato del fango —explicó.

Lo saqué yo e intenté limpiarlo con esparto.

—Mi abuela me apaleará —se quejó.

Era difícil imaginar que la pequeña y regordeta abuela de Call le fuera a dar con un palo a un niño fuerte de quince años, pero me callé. Mi problema era más difícil. ¿Qué iba a decir Franklin D. Roosevelt de un espía que perdía su zapato en el fango de la marisma y decía a gritos, asustado, que su abuela le iba a pegar?

—Siéntate —le ordené.

—¿En el suelo?

—Sí, en el suelo.

¿Qué quería, un sillón? Luego limpié con mi pañuelo sus zapatos y los míos lo mejor que pude. A mi madre le había costado convencerme que debía llevar uno porque era una señorita, pero de repente me di cuenta de que era un instrumento valioso para el contraespionaje: borraba las huellas de los dedos y cosas por el estilo.

—Ahora —dije— voy a arreglar los cordones.

Saqué los cordones y empecé de nuevo, saltando los ojales segundo y cuarto. De esta forma quedaba cordón suficiente para hacer un lazo decente.

—Ahí están —le dije, atándoselos como si fuera un niño.

—No has pasado el cordón por cuatro de los ojales.

—Call, lo he hecho adrede. De esta manera los cordones no se desatarán continuamente.

—Qué ridículos parecen.

—No tan ridículos como te ves tú cuando estás descalzo.

Hizo como que no me oía y miró los cordones como si intentara decidir si volver a atarlos o dejarlos tal cual.

—Puedes imaginar que es una señal secreta.

—¿Una qué?

—Los agentes del contraespionaje tienen que poder identificar a otros agentes. O llevan puesta una flor como indicativo, o se atan los zapatos de una forma especial.

—No me harás creer que los espías atan sus zapatos de una manera tan tonta.

—Podrás preguntárselo a Franklin D. Roosevelt cuando le conozcas.

—Me estás contando otro de tus chistes.

—Oh, vamos. Átalos como quieras, pero más tarde, después de nuestra misión.

Abrió la boca para discutir, pero no esperé su respuesta. Dios. Terminaría la guerra y él todavía estaría ahí sentado refunfuñando por sus cordones.

—Sígueme y camina agachado.

El esparto tenía más o menos medio metro de alto. A menos que quisiéramos arrastrarnos por el barro, no había forma de llegar a la casa de los Wallace sin que nos vieran. Pero existe una manera de sentirse invisible que hace que uno casi se lo crea. Por lo menos me sentía invisible, avanzando doblada hacia la casa grande de tablas grises. Mi corazón latía con la misma fuerza y el mismo ruido que el motor del *Portia Sue*.

La casa estaba silenciosa. Antes había oído el ruido de serrar y martillar. Ahora todo estaba tranquilo, salvo el suave chapaleteo del agua contra la orilla o el grito fortuito de algún pájaro acuático.

Hice una señal para que Call me siguiera hacia la esquina suroeste de la casa, y luego, arrimándome al edificio, nos deslizamos sin el menor ruido hasta la primera ventana que daba al sur. Con cuidado, levanté la cabeza hasta que pude escudriñar el interior de la habitación. Era, obviamente, la habitación que el viejo usaba como taller. Sillas deterioradas por la intemperie, con sus asientos de rejilla medio caídos y rotos, habían sido dispuestas para servir como caballetes para aserrar. El suelo estaba cubierto de virutas de madera y serrín. Los sonidos que había oído desde el otro lado de la marisma procedían de aquella habitación, pero el viejo ya no estaba en ella. Hice un ademán a Call para que no se levantara y se sentara, ya que no había nada que ver, pero, por supuesto, asomó la cabeza para curiosear igual que hice yo.

—No hay nadie aquí —dijo con lo que él creía que era un susurro.

—¡Shhhh!

Hice el gesto violento de «bájate» con la mano, pero no parecía tener prisa. Se puso a mirar la habitación como si estuviera llena de grandes obras de arte en lugar de tablas de pino y virutas de madera.

Decidí que era inútil seguir haciéndole señas y me acerqué con mucho cuidado a la ventana contigua. Con gran lentitud, apoyando la mano contra el costado de la casa, levanté la cabeza hasta el nivel de la ventana, directamente frente a un gran ojo de vidrio que me miraba fijamente. Creo que grité. Al menos hice algo, porque Call echó a correr a toda velocidad hacia el otro lado de la casa, en dirección al sendero. No corrí. No porque no estuviera aterrorizada, o porque no quisiera, sino, simplemente, porque mis pies no se movían.

El ojo de vidrio se apartó de mi cara lentamente, y una voz humana dijo:

—Ahí estás. No tenía intención de asustarte.

Eché la cabeza atrás, intentando vanamente imitar al espía de mis sueños, esperando que saliera de mis labios sin ningún esfuerzo un comentario inteligente y desenvuelto, pero tenía la boca tan seca como el serrín y no salió nada, ni desenvuelto ni de otro estilo.

—¿Quieres entrar?

Me volví como una loca para buscar a Call y le vi a unos cincuenta metros de distancia, en el sendero que conducía a la aldea. Ya no corría. Me invadió una sensación de agradecimiento hacia él. En realidad, no me había abandonado.

—Y tu amiguito también —dijo el viejo, colocando su periscopio encima de una mesa y echándome una agradable sonrisa a través de su barba blanca.

Intenté pasar la lengua por los labios, pero la tenía casi tan seca como aquéllos. Franklin D. Roosevelt me colgaba la Medalla de Honor del Congreso en el cuello, diciendo: «Sin tener en cuenta su seguridad personal, entró en la mismísima fortaleza del enemigo».

—Ca-ll. —La voz se me quebró en medio de la palabra—. Ca-ll.

Empezó a regresar con un paso a lo zombie. Yo podía sentir la presencia del hombre en la ventana por encima de mí. Call se me acercó y se colocó a mi espalda, jadeando ruidosamente con la boca abierta. Los dos estábamos como hipnotizados mirando la forma que se erguía sobre nosotros.

—¿No queréis entrar y tomar una taza de té u otra cosa? —nos preguntó el hombre amistosamente—. Desde que he llegado no he tenido más visita que un viejo gato.

Sentí que Call se ponía tieso como un pez muerto.

—Se comportó como si la casa fuese suya. Y tuve que esforzarme para convencerle de que no era así. Call me dio en la espalda con su estómago. Le devolví el golpe con el culo. ¡Rayos! Habíamos seguido la pista de un espía, y aquí estaba Call nervioso por un fantasma, un fantasma inventado por mí. Estaba más molesta que asustada.

—Gracias —dije. El tono de mi voz era demasiado agudo y trémulo, así que volví a intentarlo—. Gracias. Nos gustaría tomar el té. ¿No es cierto?

—Mi abuela no me deja beber té.

—El chico beberá leche —dije con determinación, y con grandes pasos fui hacia la puerta principal. Call me siguió pisándome los talones.

Cuando llegamos a la puerta, el hombre estaba allí, abriéndonos. «Sin tener en cuenta su seguridad personal...»

Había pocos sitios para sentarse dentro de la casa. El hombre nos trajo un banco hecho de una tabla de madera tosca para Call y para mí y luego puso la tetera sobre una cocina de propano de dos llamas, hizo unas cositas en la cocina y volvió y se sentó en una banqueta.

—Ahora. Vosotros sois...

Yo estaba intentando aún decidir si los espías dan sus nombres reales en una situación así cuando Call habló:

—Me llamo Call, y ella es Wheeze.

El hombre empezó a reír inexplicablemente.

—Wheeze y Call —dijo alegremente—. Suena a pareja de una comedia de vodevil.

Qué mala educación. Allí sentado riéndose de nuestros nombres.

—Hubiera sido mejor Wheeze y Cough.* Pero tal como está también resulta gracioso.

Me erguí en el banco. Para mi asombro, por no decir irritación, oí a Call echando risitas. Le miré fijamente.

—Es un chiste, Wheeze.

—¿Cómo va a ser un chiste?

Casi dije «no es gracioso», pero me detuve a tiempo. Afortunadamente, la tetera silbó y el hombre se levantó para preparar el té. Eché una mirada a Call con intención de producirle escalofríos, pero siguió riéndose. Nunca en mi vida le había oído reír, y ahora se reía a carcajadas por algo que era llana y sencillamente un insulto.

El hombre me alargó una jarrita de barro llena de un té muy negro.

—No tengo más que leche envasada —dijo a Call al volver a la cocina.

—No importa —respondió Call, limpiándose las lágrimas de la cara con el dorso de la muñeca—. Wheeze y Cough —volvió a repetir—. ¿No lo entiendes?

—Por supuesto que lo entiendo. —Estaba pensando cómo deshacerme de aquel líquido negro que me había dado—. Sólo que no le veo la gracia.

El hombre volvió de la cocina con una jarra en la mano.

* *Wheeze* significa «resuello» en inglés, y *Cough*, «tos». *(N. del t.)*

71

—No lo encuentras gracioso, ¿eh? Bueno, me falta práctica.

Entregó la jarra a Call. La mitad era leche de envase, y la otra mitad, agua.

Call lo probó.

—Buena —dijo.

Esperé a que me ofreciera algo para poner en el té, pero no lo hizo. Tomó su jarra de brebaje negro y se sentó.

—Mi nombre real es Sara Louise Bradshaw —dije, olvidando que hacía unos minutos había decidido no revelar mi verdadero nombre.

—Es un nombre bonito —alabó cortésmente.

—Mi nombre real es McCall Purnell, pero todo el mundo me llama Call.

—Qué bien —dijo ingeniosamente—. Si te necesito, sólo tengo que llamar* a Call.

—¡Llamar a Call! ¿No entiendes, Wheeze? Es un chiste.

Mil rayos.

—¿Sería mucho pedir —dije dándole importancia a mi voz— que nos dijera su nombre?

El hombre simuló sorpresa.

—Creí que toda la isla conocía mi nombre.

Tanto Call como yo nos inclinamos hacia adelante, esperando que nos lo dijera, pero no lo hizo. Yo estaba intentando decidir si debía volver a preguntárselo o hacer como si no me importara, cuando Call soltó sin más:

—No parece un espía.

* Juego de palabras: *Call* significa «llamar» en inglés. *(N. del t.)*

El viejo me dirigió una mirada con la ceja levantada. Estoy segura de que me puse roja como un cangrejo. ¿Qué hacen los espías para no ruborizarse? Él siguió mirándome despiadadamente durante un largo minuto. Me acurruqué en el banco.

—¿Por qué? —me preguntó, como si me acusara por algo—. ¿Por qué no bebes el té?

—La-la-ta —tartamudeé.

—Como el perro Rin tin tin —chilló Call.

El hombre también se rió, pero al menos se levantó y me trajo la lata de leche. Me temblaban las manos de rabia, frustración o exasperación, quién sabe, pero conseguí llenar la jarrita hasta el borde con la espesa leche amarillenta. Esperó delante de mí hasta que hube probado el brebaje. Tomé un sorbo que me abrasó. Estaba demasiado caliente para saber qué tal sabía, pero hice un gesto con la cabeza como indicando que bien. Cuando iba por la mitad me di cuenta de que tenía que haber pedido azúcar, pero ahora me parecía demasiado tarde.

Así fueron casi todas nuestras primeras visitas a la casa del capitán. Call y yo decidimos llamarle simplemente «El capitán». A todos los pescadores de Rass que tenían barcos propios se les llamaba capitán una vez que habían pasado de los cincuenta años. No le llamábamos capitán Wallace, porque nunca nos dijo que se llamara así. Seguí visitándole con la esperanza cada vez más menguada de que resultara un espía y que después de todo fueran a darme una medalla. Call seguía visitándole porque el capitán sabía «contar chistes de verdad y no como los tuyos, Wheeze, sino chistes realmente graciosos».

Si yo hubiera sido una persona más generosa, me habría alegrado de que Call hubiera encontrado a un hombre con quien estar. No se acordaba de su propio padre, y si alguien necesitaba un padre, ése era Call. Pero yo no era una persona generosa. No podía permitirme ese lujo. Call era mi único amigo. Si se lo cedía al capitán, no tendría a nadie.

VI

Me es difícil, aún hoy, describir mis relaciones con Caroline en aquellos días. Dormíamos en la misma habitación, comíamos en la misma mesa y nos sentábamos durante nueve meses del año en la misma aula, pero ninguna de esas cosas creó un acercamiento entre nosotras. ¿Cómo iban a hacerlo, cuando ser concebidas al mismo tiempo en el mismo vientre no había servido para unirnos? Sin embargo, si no éramos íntimas, ¿cómo es que sólo Caroline tenía el poder de llegar a mi alma con una sola mirada?

Yo llegaba a casa sudorosa y sucia después de haber estado buscando cangrejos durante todo el día. Caroline decía con voz tranquila que yo tenía las uñas sucias. ¿Cómo no iba a tenerlas sucias? Pero en lugar de darle la razón sin más, me ponía hecha una furia. ¿Cómo se atrevía a intentar hacerme sentir inferior a su pura y clara belleza? No eran mis uñas lo que le preocupaban, de eso estaba segura. Aprovechaba lo de mis uñas para juzgar mi alma. ¿Por qué no se contentaba con ser el espejo de la perfección sin tener que herirme? ¿No me iba a permitir tener virtudes, ni un resto de orgullo o decencia?

Entonces empezaba a gritar. ¿Quién ganaba el dinero extra para pagar sus viajes a Salisbury? Debería ponerse de rodillas y darme las gracias por todo lo que hacía por ella. ¿Cómo se atrevía a criticarme? ¿Cómo se atrevía?

Sus ojos se agrandaban. Mientras gritaba, sentía cómo un chorrito de satisfacción penetraba en el torrente de mi ira. Ella sabía que yo tenía razón, y eso la alteraba. Pero sus hermosos ojos se entrecerraban en seguida, los labios apretados. Sin decir una palabra, daba media vuelta y me plantaba antes de que yo hubiera terminado, acallando así el torrente y dejándome rabiar a solas por dentro. Nunca quiso pelear conmigo. Tal vez por eso la odiaba más.

Odiar. La palabra prohibida. Odiaba a mi hermana. Yo, que era de una religión que me enseñaba que un simple enfado con alguien podía ser causa de un juicio de Dios y que el odio era equivalente al asesinato.

A menudo soñaba que Caroline estaba muerta. A veces recibía la noticia de su muerte —el ferry se había hundido con ella y mamá a bordo, y las más de las veces el taxi había tenido un accidente y su hermoso cuerpo era devorado por las llamas—. El sueño siempre me provocaba dos sentimientos contradictorios: por un lado, una loca exultación porque ya estaba libre de ella... y un terrible sentimiento de culpabilidad. Una vez soñé que la mataba con mis propias manos. Había asido la pesada pértiga de roble con la que guiaba mi esquife. Ella estaba en la orilla y me pedía que la llevara. Mi contestación era levantar la pértiga y golpear y golpear... En el sueño, su boca se abría como si fuera a gritar, pero no salía ningún sonido. El único sonido en el sueño era el de mis risas. Desperté riéndome, una risa tensa de las que terminan convirtiéndose en sollozos.

—¿Qué te pasa, Wheeze?

La había despertado.

—He tenido un sueño espantoso —dije—; soñaba que estabas muerta.

Estaba demasiado dormida para conmoverse.

—Ha sido sólo un sueño —contestó, girándose para quedar cara a la pared, acurrucándose todo lo que pudo debajo de las mantas.

«¡Pero yo te maté!» Quise gritarlo, para confesárselo o para asustarla, no lo sé. «Te pegué con la pértiga. Soy una asesina. Igual que Caín.» Pero siguió respirando tan tranquila, ni preocupada por mi sueño ni por mí.

A veces yo me enfurecía con Dios, por su monstruosa y todopoderosa injusticia. Pero esas rabietas siempre se convertían en remordimiento. Mi iniquidad era imperdonable, pero pedía al Señor que se apiadara de mí, una pecadora. ¿No perdonó Dios a David, que no sólo era asesino, sino también adúltero? Y después me acordé de que David era uno de los favoritos de Dios. Dios siempre se las arreglaba para dejar a sus favoritos salirse con la suya, incluso hasta llegar al asesinato. ¿Y Moisés? ¿Y Pablo, con la túnica en la mano mientras lapidaban a Esteban?

Leía la Biblia no para que me iluminara o me instruyera. Buscaba alguna prueba, por pequeña que fuera, de que no iba a condenarme eternamente por odiar a mi hermana. ¡Arrepentirse y salvarse! Pero tan pronto como me arrepentía, diciendo que no la odiaría más, algún demonio se metía en mi alma, tirando de mí y susurrándome: «Mira la cara que pone tu madre cuando escucha a Caroline practicar. ¿Te ha mirado a ti de la misma manera alguna vez?». Yo sabía que nunca me había mirado así.

Sólo en el mar había paz. Cuando terminaba el curso a finales de mayo, me levantaba mucho antes del amanecer para pescar cangrejos. Call iba conmigo, de mala gana, porque no quería explicarle a qué venía tanto empeño en el trabajo. Había ideado un plan para escaparme. Mi idea era duplicar la cantidad de cangrejos que habitualmente recolectaba y guardarme para mí la mitad del dinero, dándole a mi madre la cantidad de siempre. Pensaba ahorrar lo suficiente para pagarme el internado de Crisfield. En la isla de Smith, al sur de donde vivíamos, no había ninguna escuela secundaria, ni siquiera una al nivel de la de Rass. Por esta razón, el estado enviaba a todos los isleños de Smith que seguían estudiando después del nivel elemental al internado de Crisfield. Los precios no eran exagerados. Demasiado elevados para las familias isleñas que no disfrutaban de la ayuda del Estado, pero bastante razonables para mí como para que pudiera soñar y ahorrar pensando en ello.

Me parecía que si salía de la isla estaría libre del odio y del sentimiento de culpabilidad y perdición, incluso, tal vez, libre de Dios mismo.

78

Yo era demasiado lista para fiarme ciegamente de los cangrejos. Son criaturas veleidosas. Siempre saben cuándo tienes necesidad de ellos, y entonces eligen precisamente esa temporada para escasear. Tenía que dar la impresión, por lo tanto, de que a pesar de que me levantara antes de salir el sol no me importaba mucho si teníamos suerte o no. Cuando estábamos en el agua, yo guiando con la pértiga por la zostera marina, hacía comentarios de este tipo: «Es la hora más hermosa del día. ¿No te parece, Call? ¿Qué importa si hay cangrejos o no? Vamos a tomarlo todo con calma y a pasarlo bien». Call me miraba como si estuviera loca, pero se cuidaba mucho de decirlo en voz alta. No puedo jurar que engañara a los cangrejos, pero aquel verano hicimos una buena cosecha. Con todo, no iba a contar únicamente con los cangrejos. Empecé a buscar otras maneras de hacer dinero.

Encontré algo que parecía infalible en la contraportada de un cómic del capitán Marvel en la tienda de Kellam. Incluso despilfarré diez centavos del dinero ganado con el sudor de mi frente, que tenía escondido junto con mis otros tesoros en el cajón de la ropa interior.

«Se precisan:
Letras para canciones.
¡Dinero por sus poesías!»

Dinero. Ésa era la palabra que hacía fluir mis jugos creativos. El hecho de que casi toda la poesía que conocía la hubiera leído en las lápidas no me desanimaba. Escuchaba la radio, ¿no?

«Habrá pájaros volando
por las colinas blancas de Dover.
Mañana espera y verás.
Habrá paz para siempre.
Mañana cuando el mundo sea libre.
Y amor y sonrisas.»

Cualquier idiota sabría componerlo bien. Primero dos líneas que riman, muy románticas, una tercera que ni rima ni tiene mucho sentido a primera vista, luego dos más románticas. Después una tercera que también rima con la otra línea que no rima y le da algún sentido.

«Cuando las gaviotas vuelan sobre la bahía,
lloran porque estás en la lejanía
pero no te has ido.
Por distante que estés,
para mí estás aquí.
En mi corazón te tengo metido.»

Tenía todos los ingredientes: romance, tristeza, una alusión a la guerra, el amor fiel. Me imaginé como la perfecta escritora lírica-romántica, y a la vez bien informada.

La ensayé con Call un día en la barca.

—¿Qué quiere decir?

—El novio de la chica se ha ido a la guerra.

—Entonces, ¿por qué están llorando las gaviotas? ¿Qué les importa a ellas?

—No les importa nada. En la poesía nunca dices claramente lo que quieres expresar.

—¿Por qué?

—Entonces no sería poesía.

—¿Quieres decir que un poema debe mentir?

—No está mintiendo.

—Vamos. No hay ninguna gaviota en toda esta bahía que esté llorando por un marinero que se haya ido a la guerra. Si eso no es una mentira como una catedral, entonces no sé qué es.

—Es otra manera de decir las cosas. Es más bonita.

—No es bonito mentir, Wheeze.

—Olvida lo de las gaviotas. ¿Qué tal te parece el resto?

—¿El resto de qué?

—El resto del poema. ¿Qué tal te suena?

—No me acuerdo.

Apreté los dientes para no chillarle y, con una paciencia extraordinaria, volví a leérselo.

—Pensé que ibas a olvidar lo de las gaviotas.

—No, eres tú el que va a olvidarse de las gaviotas. ¿Qué tal te suena el resto?

—Tampoco tiene sentido.

—¿Qué quieres decir?

—O el tipo se ha ido o no se ha ido. Tienes que decidirte.

—Call. Es un poema. En la vida real está lejos, pero ella está pensando en él todo el día, y por eso siente como si él estuviera con ella.

—Qué estupidez.

—Espera a que te enamores.

Me miró como si le hubiera propuesto un acto indecente.

81

Lancé un suspiro.

—¿Conoces el chiste del australiano que quiso comprar un nuevo bumerán, pero no podía deshacerse del viejo?

—No. ¿Y qué pasó?

—¿No entiendes? Un bumerán. Quería comprar uno nuevo, pero cada vez que tiraba el viejo le volvía.

—Entonces, ¿por qué quería comprar uno nuevo? El viejo todavía estaba en perfecto estado, ¿no?

—Olvídalo, Call.

Sacudió la cabeza como muestra de desaprobación, poniendo cara de incrédulo paciente, y yo me olvidé de simular que no me interesaban los cangrejos y me dediqué con atención a la búsqueda de los malditos granujas. Recuerdo con agrado que aquel día llenamos dos cestas de cangrejos.

Nadie me había dicho que tenía que entregar el dinero que ganaba con la pesca. Pero siempre lo había hecho. Supongo que cuando empecé, no se me ocurrió que podía quedarme con él. Siempre habíamos vivido al borde de la pobreza. Estaba orgullosa de poder ayudar a mi familia a terminar el mes. Aunque mis padres nunca hacían grandes alardes, siempre recibía su agradecimiento. Cuando la abuela me criticaba, sabía, aunque las leyes del respeto me hicieran guardar silencio, que yo era un miembro contribuyente de la casa en la que ella y Caroline eran poco más que parásitos. Era un consuelo íntimo.

Pero nadie había dicho que tenía que depositar cada centavo que ganaba en el tarro donde se guardaba el dinero de la casa.

Entonces, ¿por qué esa sensación de culpabilidad? ¿No tenía derecho a quedarme con una parte del dinero que había ganado trabajando duro? ¿Y qué pasaría si Otis dijera algo a mi padre sobre la cantidad de cangrejos que nos compraba? ¿O si la madre de Call hacía alarde del dinero que él llevaba a casa esos días? Dividía el dinero exactamente en dos partes. Si había un centavo de más, ese centavo iba al tarro. Contribuía casi con la misma cantidad que el verano pasado, pero esta vez no entregaba ufanamente el dinero a mi madre para que lo contara y lo depositara en el tarro. Yo misma lo metía y después le solía decir: «Oh, a propósito, puse unas cuantas monedas en el tarro». Y mi madre me daba las gracias con la misma tranquilidad de siempre. Nunca dije que lo metía todo. Nunca mentí. Pero tampoco nadie me lo preguntaba.

Si pudiera encontrar otra manera de ganar dinero... La total falta de entusiasmo de Call por mi poema ejerció en mí un efecto desalentador. Era totalmente consciente de que él sabía tanto de poesía como de chistes, es decir, nada, pero era el único ser humano a quien me atreví a leer el poema. Si hubiera dicho algo así como «No sé nada de poesía, pero me gusta», hubiera sido amable por su parte, casi honesto, y me habría animado.

Pero eso me hizo esperar una semana más o menos antes de recobrar ánimos para copiar el poema en una hoja limpia de cuaderno y enviarlo a Lyrica Unlimited. Antes de que pudiera llegar al apartado de correos de Nueva York, ya empecé a bajar al muelle a esperar la llegada del ferry (que también hacía de barco correo). No me atrevía a preguntar al capitán Billy si había alguna carta para mí, pero creía que si me veía, me lo diría. No sabía que nunca abría la saca antes de llevarla a la señora Kellam, la administradora de correos. Pero sí sabía que la señora Kellam era muy cotilla. Me daba miedo pensar que preguntara a mi abuela por una misteriosa carta de Nueva York dirigida a mí.

Fue por aquellos días cuando nuestro *Baltimore Sun*, que siempre llegaba con un día de retraso, dio con grandes titulares la noticia de los ocho saboteadores alemanes. Un submarino los había desembarcado en Long Island y en Florida, pero los atraparon casi inmediatamente. Sabía, por supuesto, que el capitán no era ningún espía, pero al leerlo me quedé helada. Supongamos que lo hubiera sido. Supongamos que Call y yo le hubiéramos atrapado y nos hubiéramos convertido en héroes. Me parecía que nuestros tiros casi habían dado en el blanco, y de repente me entraron ganas de averiguar más sobre el viejo. Si no era un espía, y era, en cambio, Hiram Wallace, ¿por qué había regresado después de tantos años a una isla donde si alguien le recordaba era con desprecio?

VII

Call y yo estuvimos tan ocupados buscando cangrejos desde el final del curso escolar que pocas veces visitamos juntos al capitán. Yo sabía que Call le visitaba los domingos por la tarde, pero mis padres preferían que los domingos me quedase con ellos. No me importaba. La larga y soñolienta tarde era perfecta para escribir letras de canciones. Tenía ya casi una caja de zapatos llena de ellas, esperando que Lyrics Unlimited me escribiera pidiendo todas las que pudiera enviarles.

Así, Call se sorprendió cuando un martes le propuse que dejáramos de pescar una hora antes de lo habitual para hacerle una visita al capitán.

—Creía que no te caía bien —comentó.

—Por supuesto que me cae bien. ¿Por qué no había de caerme bien?

—Porque cuenta chistes graciosos.

—¡Qué razón más estúpida para tenerle manía!

—Yo creo lo mismo.

—¿Qué quieres decir?

—Nada.

Decidí pasar por alto el implícito insulto.

—Se puede aprender mucho de alguien que viene de fuera. Mira al señor Rice. El señor Rice me enseñó más que todos los otros profesores juntos. Me refiero a los otros dos.

—¿De qué?

Me ruboricé.

—De todo: de música, de la vida. Era un gran tipo.

Pensaba y hablaba del señor Rice como si estuviera muerto y desaparecido para siempre. Tan lejano me parecía en su destino militar de Texas.

Call estaba quieto, mirándome a la cara. Sabía que quería decirme algo, pero que no estaba muy seguro de cómo expresarlo.

—¿Qué te pasa? —le pregunté.

Tan pronto como se lo dije, lo supe. No quería que yo visitara al capitán con él. Quería tener al capitán sólo para él. Además, estaba receloso. Decidí ir al grano.

—¿Por qué no quieres que visite al capitán?

—No he dicho que no quiera que visites al capitán.

—Pues entonces, ¿a qué esperamos? Vámonos.

Alzó los hombros tristemente.

—Estamos en un país libre —musitó.

No tenía mucho sentido, pero entendí lo que quería decir: que hubiera querido impedírmelo.

El capitán estaba examinando sus cuerdas para pescar cangrejos en su decrépito muelle. Acerqué el bote usando la pértiga sin que nos oyera hasta que nos tuvo al lado.

—Bien, bien... ¿A quién tenemos aquí? A Wheeze y Cough —dijo dedicándonos una amplia sonrisa y tocándose la visera.

—Wheeze y Cough, ¿entiendes? —me gritó Call desde la proa. Meneó la cabeza, y una sonrisa iluminó su cara—. Wheeze y Cough, qué divertido.

Hice un esfuerzo por sonreír, pero mi expresión era demasiado seria para que pudiera fingir haber oído algo gracioso. Call y el capitán se miraron como para decirse: «No le hagas caso». Call tiró al capitán las amarras de la proa, y éste nos las ató. Tengo que admitir que no me hacía ninguna gracia pisar un muelle medio derruido, pero viendo que Call saltó sobre él y sólo tembló un poco, lo pisé con cuidado y me fui hacia la orilla tan rápidamente como pude.

—Pienso arreglarlo. —Al capitán no se le había escapado mi gesto de temor—. Hay muchas cosas aquí que necesitan arreglo. —Hizo un gesto con la cabeza señalando a Call—. Intenté convencer a tu amigo para que me echara una mano, pero...

Call se ruborizó.

—No se puede trabajar los domingos —contestó éste a la defensiva.

Hiram Wallace hubiera sabido eso. Nadie de la isla trabajaba los domingos. Era un pecado tan malo como beber whisky, y casi tan grave como blasfemar o cometer adulterio. Me devané los sesos buscando la pregunta siguiente, la que le demostraría a Call sin lugar a dudas que el capitán tenía tanto de Hiram Wallace como yo.

87

—¿No se acuerda del séptimo mandamiento? —inquirí astutamente.

Levantó la gorra y se rascó la cabeza. Le había pillado. Es decir, casi le había pillado. No esperaba que Call abriera la boca. Se limitó a soltar un bufido y casi dio un grito.

—¿El séptimo? ¿El séptimo? El séptimo no tiene nada que ver con trabajar en domingo. El séptimo habla —se paró y, de repente, avergonzado, bajó la voz— del adulterio.

—¿Adulterio?

El capitán empezó a reírse a carcajadas.

—Bueno. Soy muy viejo para eso. Hace tiempo... —Lanzó una sonrisa. Sospecho que Call tenía tantas ganas como yo de que siguiera con el tema, pero el viejo se calló. Era como ofrecer un dulce a un niño y luego quitárselo diciéndole que es malo para los dientes, pensé.

—Hoy es martes —dijo Call yendo hacia la casa.

—¡Martes! Entonces, entonces —el capitán parecía muy excitado—, entonces mañana es miércoles, y luego ¡jueves!, ¡viernes!, ¡sábado!, ¡domingo! ¡Y lunes!

Pensé que Call se iba a morir de risa, pero consiguió dominarse para murmurar:

—¿Lo entiendes, Wheeze? ¿Lo entiendes?

Si no era capaz de sonreír por lo de Wheeze y Cough, ¿cómo iba a reír por un enunciado de los días de la semana?

—No le haga caso, capitán. No entiende muy bien las cosas.

—Demasiado bien. —Al menos podía demostrar mi buena gramática—. Demasiado bien.

—Demasiado bien —repitió el capitán canturreando, mientras se acercaba la mano al oído—. Escuchad. Llega de la marisma. ¿No oís a nuestros amigos de plumas, los pájaros de la marisma?

Call, naturalmente, se derrumbó. Todo lo que pensaba yo era que si hubiéramos atrapado a un espía como ése, Franklin D. Roosevelt nos lo hubiera devuelto rápidamente. ¡Cielos!

Pronto Call se recuperó lo suficiente para explicarle al capitán que puesto que era martes y todavía no teníamos que ir a cenar, él y yo estaríamos encantados de ayudarle en el arreglo del viejo muelle o lo que el capitán quisiera que hiciéramos. No sólo eso, sino que Call declaró que podíamos venir alrededor de esa hora todas las tardes, excepto los domingos, por supuesto, para echar una mano.

—Pienso pagaros algo —dijo el capitán.

Me volví toda oídos y abrí la boca para murmurar un humilde gracias.

—Oh, no —rechazó Call—. Jamás aceptaríamos dinero de un vecino.

¿Por qué no? Por una vez en su vida, Call habló tan rápido que no pude ordenar mis pensamientos, y los dos me dejaron con la palabra en la boca y me vendieron como esclava antes de que pudiera insinuar que no consideraría ofensa alguna una propinita de vez en cuando.

Así que, a partir de entonces, pasamos dos horas todas las tardes trabajando como esclavos para el capitán. Me di cuenta de que, para mi desgracia, al capitán no le molestaba en absoluto darnos órdenes, a pesar de que se suponía que estábamos haciéndole un favor. Suprimimos el descanso para tomar el té después de la primera semana porque la hojalata empezaba a escasear y al capitán no le quedaban muchas latas de leche. Y, como nos explicó, ya que no podía seguir ofreciendo leche a Call, hubiera sido bastante egoísta que el capitán y yo tomáramos el té. Me hubiera alegrado de cualquier motivo para descansar, hasta para tomar aquel espantoso té. Cuando tienes catorce años y tu cuerpo empieza a cambiar como lo estaba haciendo el mío, te cansas sin más ni más, pero no quería confesarlo. Tanto Call como el capitán parecían mirarme como a una deficiente mental, puesto que no era capaz de comprender su maravilloso humor. Además, no quería que se rieran de mis problemas físicos.

Todo me salió mal aquel verano, a menos que quiera contar como victoria el hecho de que mi período comenzó —casi un año después que el de Caroline, por supuesto— un domingo por la mañana antes de salir de casa para ir a la iglesia, cuando manché no sólo las bragas, sino la combinación y hasta mi único vestido bueno. Mamá me dejó decir que estaba enferma. ¿Qué otra cosa podía hacer? No podía lavar y secar mi vestido a tiempo para asistir a la escuela dominical.

Mi abuela no dejaba de preguntar por mí.

«¿Qué le pasa? No tiene cara de estar enferma. Es que no quiere adorar al Señor», y «Si fuera mi hija le propinaría un par de azotes en el culo. Así no andaría haciendo tonterías.»

Estaba aterrorizada pensando que mamá me traicionaría y contaría a la abuela la verdadera razón por la que tenía que quedarme en casa. Hasta Caroline se esforzó por hacer callar a la abuela. No sé lo que contaría ésta a sus amigas, pero durante semanas preguntaron untuosamente por mi salud, tanto física como espiritual.

Mi salud espiritual se parecía a la de una persona que llevara tres días muerta, pero no estaba dispuesta a admitirlo para que se pusieran a rezar por mí los miércoles por la noche en su reunión de viejas meapilas.

VIII

Solía preguntarme cuál era para mí el peor mes del año. En el invierno elegía febrero. Llegué a la conclusión de que Dios había acortado febrero unos cuantos días porque sabía que cuando tocaba a su fin si la gente tenía que aguantar un maldito día más se moriría. Diciembre y enero son meses fríos y húmedos, pero, por alguna razón, me parecía que tenían derecho a serlo. Febrero es un mes malicioso. Sabe que tus defensas están bajas. La Navidad ha pasado, y parece como si todavía quedaran años para la llegada de la primavera. Por eso febrero deja que se cuelen unos cuantos días bonitos al principio, y justo cuando empiezas a estirarte como un gato al despertarse, ¡zas!, te larga un derechazo al estómago. Y no es que te eche encima un huracán como en septiembre, sino que recibes un puñetazo tras otro y otro, y otro. Febrero es un matón. No hay mes peor, excepto agosto.

Había días de agosto que parecía que Dios hubiera puesto una campana de cristal encima de la humeante bahía. Todo el año había viento, y ahora ni siquiera un soplo. La neblina sobre las aguas era tan espesa que parecías estar inhalando algodón mojado. Comencé a rezar pidiendo un temporal de verdad. Tanto era el alivio que necesitaba.

En febrero, a veces el tiempo nos da un respiro; en agosto, nunca. Nos levantábamos temprano y trabajábamos tanto que antes de que nos diéramos cuenta ya teníamos que acostarnos. Call y yo no nos levantábamos tan temprano como mi padre, que tal vez ni siquiera se acostaba, entre vigilar sus flotadores y salir a buscar cangrejos, pero sí estábamos de pie mucho antes del amanecer, intentando sacar todos los cangrejos que podíamos de la zostera marina antes de que el calor del sol nos hiciera salir del agua.

Me quedaba la débil esperanza de que el capitán, que no era isleño, decidiera aminorar un poco el trabajo a causa del calor. Pero Call determinó que no fuera así.

—Como hace tanto calor, hemos dejado de pescar cangrejos después de media mañana —dijo el muy bocazas—. Así que, como nos queda casi todo el día libre, podemos trabajar mucho más.

—No puedo venir antes de desayunar —dije—. Mamá quiere que lo haga en casa.

—No seas necia, Wheeze —dijo Call—. Vosotros desayunáis antes de las once. No tardas más que diez minutos en hacerlo.

—No comemos como buitres en casa —dije—. Me es imposible llegar aquí tan rápido. Además, tengo quehaceres domésticos.

—Estaremos aquí hacia el mediodía —le dijo Call al capitán alegremente.

Debía haberle estrangulado. Eso significaba trabajar hasta caer rendidos durante por lo menos cuatro horas y media con un calor asfixiante y para nada. Nada. Por supuesto, el capitán estaba encantado. Su única concesión al calor era que trabajáramos dentro de casa y no en el muelle bajo el sol. Empezó a enumerar en voz alta todos los proyectos que los tres podíamos terminar antes de que empezara el curso escolar. Conseguí, mintiendo al decir que mi madre me necesitaba, escapar antes de las cuatro y cuarto. Quería pasar por correos antes de la cena. Tal vez hubiera sido mejor no hacerlo, porque había llegado la carta de Lyrica Unlimited. Corrí llevándola hasta un extremo de la isla, para sentarme en un tronco arrojado por el mar, con mis manos temblando tanto que casi no podía abrir el sobre.

Estimada Srta. Brandshaw:

¡¡¡Enhorabuena!!! ¡Ha ganado! Lyrica Unlimited tiene el placer de informarle que su canción, aunque no ha ganado dinero, sí ha ganado nuestro último concurso. Sus letras podrían convertirse en una Canción popular emitida por las ondas radiofónicas a todo Norteamérica, e incluso llegar a nuestros muchachos en ultramar. Le rogamos que nos deje poner música a sus letras y así darle esta Extraordinaria oportunidad. Podría triunfar como una letrista de insólito éxito. Podría escuchar su propia canción en el Hit Parade. Sus letras merecen esta oportunidad. Sólo tiene que enviarnos un che-

que o giro postal (no aceptamos sellos) de 25 dólares, y
nosotros haremos el resto.
Nos encargaremos de:
Poner MÚSICA A SUS LETRAS.
Imprimir las partituras.
Hacer que lleguen a las personas del mundo de la MÚ-
SICA POP.
Y ¿quién sabe? ¡¡¡El nuevo éxito del HIT PARADE
puede ser el suyo!!! ¡No desperdicie su suerte! ¡Queda
poco tiempo! Envíenos 25 dólares hoy y comience a mar-
char por EL CAMINO DE LA FAMA Y LA FORTUNA.
Sinceramente, sus amigos de

Lyrica UnLimited

Hasta yo, que deseaba de todo corazón creerles, me
di cuenta de que estaba escrita a ciclostil. Lo único escrito a máquina era mi nombre, y lo habían escrito mal.
Era una tonta, aunque me alegra decir que no del todo.
Desconsolada, rompí la carta en pedazos hasta que no
quedó ni un punto sobre las íes y los eché como si fuera
confeti sobre el agua.

Agosto y febrero tienen algo en común. Los dos ma-
tan los sueños.

Al día siguiente, el gato anaranjado volvió a aparecer. Era el mismo gato, estaba segura, que nos había
asustado a Call y a mí cuatro años antes, cuando decidimos investigar la casa del capitán, y el mismo gato que
éste echó una semana después de haber tomado po-
sesión de la casa. El gato entró por la puerta principal
con el desparpajo de un propietario largo tiempo au-

sente que viene a ver lo que han estado haciendo sus inquilinos.

El capitán estaba furioso.

—Creí que había echado a ese estúpido animal para siempre.

Agarró la escoba y se fue detrás del gato, que saltó tranquilamente encima de la mesa de la cocina. Cuando el capitán estaba a punto de darle un escobazo, saltó grácilmente al suelo llevándose con su cola una taza por delante.

—¡Maldito animal! ¡Al infierno con él!

Sabía que semejantes palabras existían, pero ni Call ni yo jamás las habíamos escuchado. Creo que estábamos tan fascinados como escandalizados.

—Capitán —dijo Call, cuando se hubo recuperado un poco—, ¿sabe lo que acaba de decir?

El capitán todavía estaba dedicado a la caza del gato y contestó con impaciencia:

—Por supuesto que sé lo que he dicho. He dicho...

—Capitán, eso va contra los mandamientos.

Dio otro escobazo infructuoso antes de replicar:

—Call, conozco los malditos mandamientos tan bien como tú, y no dicen ni una palabra de cómo hablarles a los gatos. Ahora deja de jugar a predicador y ayúdame a pillar a ese condenado animal y echarlo de aquí.

Call estaba demasiado escandalizado para hacer otra cosa que obedecer. Salió corriendo detrás del gato. Empecé a reírme. No sé cómo ocurrió, pero por fin el capitán había dicho algo que me hacía gracia. No eran risitas tampoco, sino más bien carcajadas. Me miró y sonrió ampliamente.

—Me gusta oírte reír, señorita Wheeze —dijo.

—De acuerdo —chillé entre carcajadas.

—No hay, apuesto lo que sea a que no la hay, ni una palabra en toda la maldita Biblia sobre cómo hablar a los gatos.

También comenzó a reír. Se sentó en la banqueta de la cocina con la escoba sobre las rodillas y se echó a reír. ¿Por qué era tan gracioso? ¿Era porque resultaba maravilloso descubrir algo en esa isla que se podía hacer libremente, algo no proscrito por Dios o Moisés o la Conferencia Metodista? Podíamos hablar con los gatos usando las palabras que nos diera la gana.

Call volvió a aparecer llevando el gato peleón en brazos. Primero miró al capitán, luego a mí, aparentemente desconcertado. Por supuesto, nunca nos había visto riendo juntos. Tal vez no sabía si alegrarse o mostrarse celoso.

—¿Quién, quién? —resolló el capitán—. ¿Quién va a devolver el condenado gato a Trudy Braxton?

—¡Trudy Braxton!

Creo que Call y yo gritamos el nombre a la vez. Nunca habíamos oído a nadie llamar a la tía Braxton por su nombre de pila. Hasta la abuela, que tenía más o menos la misma edad que la vieja, la llamaba «tía».

Después de ese primer sobresalto, me invadió un sentimiento de bienestar. Ciertamente, yo no quería que el capitán fuera un espía nazi o un intruso. Quería que fuera Hiram Wallace, un isleño que había huido. Eso era más bonito que ser un saboteador que debía ser atrapado o un impostor al que habría que desenmascarar.

—Yo devolveré el gato —dije—, si no me mata el hedor antes.

Por alguna razón, mi irreverente descripción de la casa de la tía Braxton sirvió de detonador a Call.

—¿Ha oído lo que ha dicho? —preguntó al capitán—. Si no la mata el hedor antes.

Entonces él y el capitán se desternillaron de risa. Agarré el gato justo en el momento en que había conseguido zafarse de Call.

—Vámonos —dije—. Antes de que te llame unos cuantos nombres apestosos.

No me atrevía a usar las palabrotas prohibidas en voz alta, pero las iba pensando con gran alegría mientras ascendía el sendero que llevaba a la casa de la tía Braxton.

No había exagerado en lo del mal olor. Las ventanas de la casa estaban abiertas, y la sobrecargada esencia del amoníaco de gato era como un muro invisible entre el jardín delantero y yo. El gato me arañaba y luchaba por librarse, dejándome los brazos desnudos llenos de arañazos rojos. Si no fuera porque temía que diese la vuelta para regresar derecho a la casa del capitán, lo hubiera dejado en la cerca del jardín y echado a correr.

Sin embargo, el deber me empujaba, así que subí valientemente al porche hasta la puerta principal de la casa de la tía Braxton.

—¡Tía Braxton! —grité por encima de los desdichados sonidos gatunos que procedían del otro lado de la puerta. Si soltaba el gato para llamar a la puerta, podía escapar, así que me quedé en el destartalado porche y vociferé—: Tía Braxton, tengo su gato.

Desde el interior de la casa maulló un gato, pero no me respondió ninguna voz humana. Volví a gritar. La vieja siguió sin contestar. Se me ocurrió que posiblemente podía meter el gato a través de alguna persiana rota. Me acerqué a la ventana. Había un agujero bastante ancho para que pasara el gato si le daba un empujón. Cuando me incliné para hacerlo, vi algo oscuro echado en el suelo de la sala de estar. Algunos gatos estaban sentados o le pasaban por encima, y durante un momento no hice más que mirarlo, sin darme cuenta de qué era lo que tenía delante: una forma humana. Al reconocerlo, fui presa del pánico. Solté el gato de golpe y casi tropecé con él con mis prisas por salir de allí. Volví como una flecha a la casa del capitán, donde por poco me caigo en la escalera de enfrente, y resollé aterrorizada:

—¡La tía Braxton! Está muerta, tumbada en el suelo, con los gatos pasándole por encima.

—Cálmate —me aconsejó el capitán.

Intenté tomar aliento y repetir lo que había dicho, pero después de dos palabras, el capitán ya me había rebasado y andaba, casi corriendo, por el camino que llevaba a la casa de la vieja. Call y yo le seguimos. Estábamos aterrorizados, pero corrimos para alcanzarle y fuimos pegaditos a él. Por espantosa que fuera la cosa, queríamos estar a su lado.

El capitán empujó la puerta. Nadie cerraba su casa con llave en Rass. La mayoría de las puertas ni siquiera tenían cerradura. Los tres entramos. Ya habíamos olvidado el mal olor. El capitán se puso de rodillas al lado de la vieja, quitando de en medio a los gatos.

Call y yo nos rezagamos un poco, con los ojos muy abiertos y jadeando.

—Está viva —anunció—. Call, baja al muelle. Tan pronto como atraque el ferry, el capitán Billy tendrá que llevarla al hospital.

Sentí el mismo alivio que se siente cuando te alcanza una ola suave. No es que nunca hubiera visto un cadáver. En una isla no puedes escapar de la muerte. Pero nunca había descubierto uno. Nunca había sido la primera persona que, por casualidad, lo encuentra. Por alguna razón, ser la primera tenía algo de horrible.

—No estés sin hacer nada, Sara Louise. Busca a algunos hombres que puedan ayudarme a llevarla al muelle.

Pegué un brinco y eché a correr. Más tarde me di cuenta de que me había llamado por mi nombre de pila, Sara Louise. Nadie se esforzaba, ni siquiera mi madre, en llamarme Sara Louise, pero él lo había hecho sin pensar. Es extraño cuánto significó para mí.

Llamé a mi padre y a otros dos hombres que estaban en sus cobertizos de los cangrejos y volvimos de prisa a la casa de la tía Braxton. El capitán la tapó con una manta de algodón. Eso me hizo sentir mejor, porque sus flacas piernas casi parecían indecentes asomando por debajo de su descolorida bata. Después, los cuatro hombres empezaron a levantar la improvisada camilla. Con ello, la vieja gimoteó como alguien que tiene una pesadilla.

—Está bien, Trudy, soy yo, Hiram —dijo el capitán—. Cuidaré de ti.

Mi padre y los otros dos hombres intercambiaron miradas de curiosidad, pero nadie dijo nada. De lo que se trataba era de que llegara pronto al hospital.

IX

«Trudy» fue lo que cambió las cosas. Sencillamente, al
emplear el nombre de pila de la tía Braxton, el capitán
se confirmó como el verdadero Hiram Wallace, aunque
no tuviera la costumbre de esperar el ferry por las tardes como la mayoría de la gente, ir a Kellam después de
cenar para intercambiar historias del mar o acudir a la
iglesia. Pero pese a estas aberraciones, empezó a ser
aceptado como un auténtico isleño, simplemente porque había llamado a la tía Braxton «Trudy», lo que nadie le había llamado desde sus años de juventud.

La vida de Call y la mía cambiaron de forma curiosa
en aquellos tiempos. El capitán decidió que mientras la
tía Braxton estuviera en el hospital nosotros tres debíamos limpiar su casa. Intenté argüir débilmente que era
vulnerar la ley entrar para limpiar una casa ajena sin
permiso, y que los metodistas siempre estaban hablando contra esas cosas, así que tenía que ser un pecado
bastante grave. El capitán lanzó un bufido despectivo

cuando me oyó. «Si nosotros no lo hacemos —me contestó—, la Sociedad de Mujeres de la Iglesia Metodista se hará cargo de ello, como una obra pía.» Aunque la tía Braxton asistía a la iglesia con regularidad, tuvo fama durante años de ser una persona rara, y cuando su población gatuna rebasó los cuatro o cinco gatos, sus relaciones con las otras mujeres de Rass se hicieron muy tensas.

—¿Crees que Trudy preferiría tenerlas a ellas metiendo las narices en su casa en vez de hacerlo nosotros?

—Yo diría que no quiere a nadie en su casa.

Concedió tristemente que yo tenía razón, pero puesto que la alternativa a que nosotros limpiáramos la casa era que se convirtiera en una obra pía, tuve que admitir que nosotros representábamos el mal menor.

El gran problema eran los gatos. Hasta que se pudiera hacer algo con ellos, no había forma de empezar a ordenar la casa.

—¿Cómo se las arregla para dar de comer a tantos gatos? —pregunté.

Siempre me había parecido que la tía Braxton era hasta más pobre que la familia de Call.

—Me pregunto por qué no les da más comida —replicó el capitán.

—Los pobres parecen medio muertos de hambre.

—La comida de gato es muy cara —dije, intentando recordar si la tía Braxton compraba alguna vez pescado de los pescadores locales para alimentar a sus gatos. Cualquier otra persona les hubiera dado a comer sobras, aunque en realidad cualquier otra persona hubiera tenido más seres humanos que gatos en su casa.

—Creía que Trudy tenía más dinero que la mayoría de los isleños —dijo el capitán.

Hasta Call se quedó pasmado.

—¿Qué le hace creer tal cosa? —preguntó.

Tanto él como yo nos acordamos de que la tía Braxton recibía una cesta de comida de la Sociedad de Mujeres el Día de Acción de Gracias y otra por Navidad. Ni siquiera la familia de Call pertenecía a la clase que recibía cestas.

—Vivía aquí cuando murió su padre —explicó el capitán como si nosotros tuviéramos que saber un hecho tan normal—. El viejo capitán Braxton tenía mucho dinero, pero no se lo decía a nadie. Dejó que su mujer y su hija vivieran miserablemente. Trudy encontró el dinero después de la muerte de ambos. Se llevó una sorpresa tan enorme al encontrar todo aquel dinero que se fue corriendo a ver a mi madre. Mi madre la trataba como si fuera una hija. Pobre mamá —movió la cabeza—, siempre pensó que me casaría con Trudy. Bueno, de todas maneras, mamá le aconsejó que lo ingresara en un banco, pero dudo que Trudy lo hiciera. ¿Qué sabía ella de los bancos que había en el continente? Lo que quede después de tantos años estará probablemente escondido aquí mismo en la casa, si los malditos gatos no se lo han comido.

—Tal vez lo haya gastado todo —dije—. Ha pasado tanto tiempo...

—Puede ser. Era mucho dinero. —De repente nos miró cambiando de tono bruscamente—. Mirad —dijo—, no digáis nada de lo del dinero. Si ella hubiera deseado que alguien más lo supiera, se lo habría contado. Ni siquiera yo debería saberlo. Sólo mi madre.

Call y yo inclinamos la cabeza solemnemente. Una intriga de verdad era mucho más emocionante que las de fantasía. El hecho de que pudiera haber dinero oculto en la casa me convenció sin lugar a dudas de que la Sociedad de Mujeres no debía encargarse de la limpieza. Pero el desagradable problema de los gatos seguía en pie. El capitán nos hizo sentarnos a Call y a mí en su limpia y restaurada sala de estar. Me sirvió té, y a Call leche de una de sus preciosas latas, y luego, con sumo tacto, intentó explicarnos lo que él creía que debíamos hacer.

—La única manera de resolver el problema de los gatos —dijo— es deshacernos de ellos de un modo humano.

O yo era algo lerda, o su lenguaje era demasiado elegante, porque estaba moviendo afirmativamente la cabeza cuando de repente comprendí sus palabras.

—¿Quiere decir matarlos a tiros?

—No. Creo que sería demasiado difícil. Además, con el lío que se armaría, los vecinos vendrían corriendo a ver qué pasaba. Creo que el mejor método...

—¿Matarlos? ¿Quiere decir matarlos a todos?

—Están más que hambrientos ahora, Sara Louise. Se irán muriendo lentamente si nadie los cuida.

—Yo los cuidaré —dije irritada—. Les daré de comer hasta que regrese la tía Braxton.

Mientras lo decía, sentía cómo mis propias palabras me revolvían el estómago. Tener que usar todo el dinero que había ganado con los cangrejos para dar de comer a un montón de gatos maulladores que olían a peste... Odié a los gatos.

104

—Sara Louise —dijo el capitán bondadosamente—, aunque tuvieras el dinero para pagar su comida, no podemos dejarlos en la casa. Son un peligro para la salud. —Una persona tiene el derecho de elegir sus propios riesgos.

—De acuerdo. Pero no cuando se convierten en riesgo para todos.

—¡No matarás! —exclamé tercamente acordándome que a la misma hora el día anterior había estado riéndome de que ni una palabra de la maldita Biblia se refiriera a los gatos. Fue bastante delicado para no recordármelo.

—¿Y qué piensa hacer con ellos, capitán? —preguntó Call con voz trémula.

El capitán suspiró mientras intentaba sacar brillo a su taza con el dorso del pulgar. Sin levantar la vista, dijo con voz apagada:

—Llevarlos mar adentro unas cuantas millas y dejarlos.

—¿Ahogarlos? —Me estaba poniendo histérica—. ¿Llevarlos mar adentro y echarlos al agua?

—Tampoco a mí me gusta la idea —dijo él.

—Podemos llevarlos al continente —dije—. Allí hay sitios como orfanatos para animales. Lo leí en el *Sun*.

—La Sociedad Protectora de Animales —explicó—. Sí, en Baltimore, o en Washington. Pero ni siquiera podrían hacer más que dormirlos.

—¿Dormirlos?

—Matarlos lo más humanamente posible —dijo—. Allí tampoco pueden cuidar indefinidamente a los gatos que nadie quiere.

105

Intenté no creerle. ¿Cómo podía una organización que se autodenominaba «Sociedad Protectora de Animales» dedicarse al asesinato masivo? Pero aunque yo tuviera razón, Baltimore y Washington estaban demasiado lejos para poder ayudar a los gatos de la tía Braxton.

—Pediré prestado un barco —dijo—. Uno que sea bastante rápido. Atrapad a los gatos.

Salió de la casa y subió por el camino. Poco después regresó.

—Hay tres sacos de yute en el porche de atrás —nos indicó—; necesitaréis meter los gatos en algo.

Luego volvió a marcharse. Call se levantó del banco.

—Vamos —dijo—, no atraparemos gatos si nos quedamos aquí sentados todo el día.

Sentí un escalofrío y de muy mala gana me levanté. Me dije que era mejor no pensar. Si puedes tapar la nariz contra los malos olores o cerrar los ojos para no ver algo, ¿por qué no puedes apagar el cerebro para evitar un pensamiento? De esta forma, la caza de los gatos se convirtió en un deporte sin mayores consecuencias. Nos turnamos: mientras uno asía el saco, el otro corría por entre los muebles y por la escalera persiguiéndolos. Tenían una energía sorprendente a pesar de su aspecto de muertos de hambre, y después de atraparlos y echarlos al saco empezaron a pelearse entre sí, lanzando unos maullidos espantosos.

Había cinco en el primer saco —fueron los más difíciles de atrapar—, y lo até fuertemente con una cuerda que había encontrado en un cajón de la cocina.

Al empezar con el segundo saco ya tenía experiencia. Además de la cuerda, había encontrado unas latas de atún y sardinas en la cocina. Repartí una lata de sardinas entre los dos sacos restantes y luego me froté las manos con aceite. Me expuse a que me comieran viva, pero acerté. Los tontos de los gatos venían hacia mí y entraban en los abominables sacos. Los atrapamos a todos, es decir, a todos salvo al gato anaranjado, que no estaba en la casa. Ni Call ni yo tuvimos ánimos para ir a buscarlo. Además, dieciséis gatos enredando eran suficientes. Bajé a hurtadillas a nuestra casa con la intención de usar el carrito. Con mucho cuidado, cargamos los sacos en él. Bastantes mordiscos y rasguños habíamos recibido ya. Sus garras traspasaban la tela como si no existiera. En una ocasión uno de los sacos se retorció y se movió lo suficiente como para que el carrito cayera a la calle, pero lo recuperamos y seguimos por el camino hasta el muelle del capitán. Estaba allí esperándonos sentado en un esquife con motor fuera borda. Llevaba una corbata negra y su viejo traje azul de marinero. Me dio la impresión de que estaba vestido para un funeral.

Sin decir palabra, Call y yo metimos los sacos en el fondo del esquife, y después nos embarcamos. Los gatos tenían que estar cansados después de sus peleas, porque los sacos casi ya no se movían. El capitán dio unos tirones a la cuerda de arranque, y por fin el motor tosió y luego se puso a zumbar. Lentamente viró y nos dirigimos hacia mar abierto.

Era por la tarde, y el calor no nos dejaba respirar. Me daba cuenta del olor de los gatos y de que mis manos apestaban a sardina podrida. Las aparté de mi regazo.

En aquel momento, un maullido lastimoso salió del saco que estaba cerca de mis pies. Parecía más el berrido de un bebé que el maullido de un gato, y por eso, supongo, lo vi todo claro.

—¡Pare! —grité, poniéndome de pie en el esquife. El capitán paró bruscamente el motor, ordenándome que me sentara. Pero tan pronto como se detuvo el motor, salté por el batidero y nadé con todas mis fuerzas hacia la costa. Podía oír débilmente al capitán y a Call llamándome, pero no dejé de nadar, y después, ya en tierra, corrí hasta llegar a casa sin resuello.

—Wheeze, ¿qué te ha pasado? —Caroline se apartó del piano dando un brinco al verme con el pelo empapado y la ropa chorreando agua por todo el suelo. La sobrepasé dando pisotones, y también a mamá, que había salido a la puerta de la cocina; subí la escalera para ir a nuestro dormitorio y cerré estrepitosamente la puerta. No quise ver a nadie, pero de todas las personas del mundo, Caroline era la última a la que tenía ganas de ver. Todavía apestaba a sardina, ¡por Dios!

Abrió la puerta lo suficiente para colarse y se apoyó en ella para cerrarla con suavidad. Ya no tenía forma de bajar a la cocina para lavarme.

—¿No ves que me estoy vistiendo? —Di la espalda a la puerta.

—¿Quieres que te traiga una toalla?

—No te molestes.

Se deslizó por la puerta y volvió con una toalla en la mano.

—Estás hecha un asco —dijo chanceándose.

—Oh, cállate.

—¿Qué te ha pasado?

—No es de tu incumbencia.

Sus enormes ojos azules me echaron aquella mirada de ofendida que siempre provocaba en mí deseos de propinarle una bofetada. No dijo nada, sólo puso la toalla encima de su cama y se sentó en ella con las piernas cruzadas dejando caer con gracia sus zapatos al suelo.

—¿Habéis ido a nadar Call y tú?

Nadie tenía por qué saber que Call y yo íbamos a nadar juntos de vez en cuando. Intenté pasar los dedos por mis empapados y enredados cabellos. Se levantó de la cama y se me acercó con la toalla.

—¿Quieres que te seque el pelo?

Mi primer impulso fue mandarla a paseo, pero sólo quería ayudarme. En aquel momento me di cuenta de ello. Y me sentía tan triste que su bondad rompió todas mis habituales defensas. Empecé a llorar.

Me sacó la bata, y luego me secó el pelo con aquellos fuertes dedos que tenía, con la misma constancia que usaría para ejecutar un nocturno en nuestro viejo piano. Aunque no parecía presionarme para que hablara, empecé a hacerlo hasta que, por fin, confesé toda mi angustia, no por los gatos, sino por mí, por asesina. No importaba que no los hubiera echado personalmente a la bahía. Los había atraído con astucia hacia su muerte. Eso era suficiente.

—Pobre Wheeze —dijo—, y pobres gatos.

Por fin dejé de llorar, me vestí y me peiné.

—¿Adónde vas? —me preguntó. No era asunto suyo, pero se había comportado demasiado bien conmigo para no decírselo.

—A casa de la tía Braxton —dije—. Tenemos que limpiarla antes de que la Sociedad de las Mujeres Metodistas la convierta en una obra pía.

—¿Puedo venir?

—¿Y para qué quieres venir? Huele que apesta.

Alzó los hombros, ruborizándose un poco.

—No sé —dijo—, no tengo otra cosa que hacer.

Llevamos el cubo y la fregona y una botella de desinfectante, y también un montón de trapos, todo de mi madre, cuyo rostro reflejaba las preguntas que no se atrevió a hacerme. Cuando entramos en la casa de la tía Braxton, miré a Caroline fijamente. Supongo que buscaba alguna señal de debilidad.

—Qué olor más espantoso —dijo alegremente.

—Sí —dije, un poco desanimada de que no le hubiera provocado náuseas.

Nada más llenar el cubo de agua, aparecieron Call y el capitán en la puerta principal. Permanecieron allí, como si tuvieran miedo de entrar, igual que un par de niños traviesos.

—Veo que habéis vuelto pronto —dije.

El capitán movía la cabeza tristemente.

—No pudimos hacerlo.

Call parecía como si fuera a estallar en lágrimas.

—Lloraban como bebés —explicó.

Si bien tenía que haberme sentido feliz y aliviada, estaba más que molesta. ¡Para eso había derrochado tantos sentimientos de culpabilidad y de pena por la muerte de esos malditos gatos! No tenían derecho a seguir vivos.

—Bueno —dije. La sal del agua empezaba a picarme

y me ponía más irritable—. ¿Qué piensa hacer con ellos entonces? No pueden quedarse aquí. Usted mismo lo dijo.

Hastiado, el capitán se sentó en el sillón de la tía Braxton, encima del montón de trapos que yo había dejado allí. Metió la mano debajo y los sacó.

—No lo sé —repitió—. No lo sé

—Podemos regalarlos. —Fue Caroline quien habló, asumiendo el problema como si alguien le hubiera pedido que lo hiciera.

—¿Qué quieres decir con «podemos»? —Me puse hecha una furia con ella.

—Podemos hacerlo tú y yo —dijo—. Lo que quiero decir es regalar los gatos a la gente que los quiera.

—Nadie va a aceptar esos gatos —dije—. Son unos verdaderos linces y, además, están medio muertos de hambre. ¿Quién en sus cabales querría un gato así?

El capitán suspiró aprobadoramente, y Call inclinó la cabeza igual que un pastor metodista.

—Están hechos unas verdaderas fieras —repitió. Ninguno de nosotros había visto a una fiera alguna vez.

—¿Y qué? —Caroline seguía impávida—. Los domesticaremos.

—¿Domesticarlos? —bufó Call—. Sería más fácil enseñar a un cangrejo a tocar el piano.

—No para siempre —contestó Caroline—, sólo el tiempo necesario para buscarles nuevos hogares.

—¿Cómo, Caroline? —Call estaba muy interesado. Ella sonrió.

—Calmantes —dijo.

111

Call fue a su casa para buscar la botella familiar, y yo me fui a buscar la nuestra. Entretanto, Caroline había preparado unos platitos, tazas y cuencos con bonito en conserva repartido en todos. Roció cada uno con abundante calmante. Lo colocamos en el suelo, y luego trajimos los sacos para desatarlos.

Atraídos por el olor de la comida, los gatos salieron tambaleándose de los sacos. Al principio hubo gruñidos y empujones, pero como había muchos recipientes, cada gato encontró uno para sí y se dedicó a engullir su banquete drogado hasta que no quedaron ni los restos. Al final fueron tanto el encanto de Caroline como el calmante quienes triunfaron. Llevó un gato a cada casa de la calle, dejándome a mí y a Call al cuidado de los sacos, un poco fuera de la vista. Nadie en todo Rass se atrevería a cerrar la puerta en las narices de Caroline. Por decidida que estuviera una ama de casa a no aceptar un gato, la dulce y melodiosa voz de Caroline le recordaba que no era cosa insignificante salvar una vida —una vida querida por Dios, si no por el hombre—. Luego ofrecía un gato que estaba tan drogado con calmantes que casi parecía sonreír. Algunos hasta consiguieron maullar como gatitos juguetones.

—Vea —decía Caroline— lo que le gusta estar con usted.

Cuando hubimos colocado el último gato, volvimos a la casa de la tía Braxton. El capitán había puesto las sillas encima de las mesas y estaba fregando el suelo con agua caliente. Call le contó toda la historia de la hazaña de Caroline, casa por casa, gato por gato. Rieron e imitaron a las desconcertadas mujeres en las puertas de sus casas. Caroline imitó a los felices y drogados gatos mientras el capitán y Call se desternillaban de risa, y yo me sentía como siempre que alguien contaba la historia de cómo nací.

X

El temporal por el que tanto había rezado estalló a la semana siguiente. Aunque no fue tan serio como el del 33, que se convirtió en legendario antes incluso de que las aguas volvieran a sus cauces, nunca olvidaré el del 42. Durante la guerra, el tiempo se consideraba información reservada, pero en Rass no nos hacía falta que un hombre de la ciudad hablara por radio para advertirnos del mal tiempo. Mi padre, al igual que todos los verdaderos marineros, podía olfatear los comienzos de un temporal, incluso antes de la ominosa puesta de sol de color orín.

Amarró bien su barco y clavó tablas en las ventanas de nuestra casa. Poco podía hacer para proteger a los cangrejos en nuestros flotadores; sólo esperar que el temporal no los destrozara y permitiera que el cobertizo sobreviviera una temporada más.

Es curioso lo optimista que puede sentirse la gente cuando tiene que hacer frente a un desastre. Mi padre silbaba mientras tapiaba las ventanas, y mi madre llamaba alegremente cada dos por tres desde la puerta trasera. Estaba claro que se sentía encantada por tenerle en casa un día laborable. Mañana podrían estar arruinados o muertos, pero hoy estaban juntos. Y, con todo, se pueden hacer cosas para prepararse contra un huracán. No es igual que una tormenta en el mar o una repentina enfermedad, ante las que te sientes indefensa.

Justo antes del mediodía, Call se presentó y preguntó si Caroline y yo pensábamos ir a la casa del capitán.

—Sí —respondió Caroline alegremente—. Tan pronto como terminemos de llevar las conservas arriba.

Más de una vez, las aguas habían subido y pasado la primera planta, y mi madre no quería arriesgarse a que las frutas y las verduras que había comprado en el continente y puesto en conserva para el invierno fueran arrastradas por el suelo o barridas por las aguas.

—¿Vienes, Wheeze?

¿Quién se creía que era, invitándome a mí a ir a visitar al capitán? Como si ella fuera la propietaria de él y de Call. Call, que siempre me había pertenecido porque no tenía a nadie más que a su madre y a su abuela que le querían, y el capitán, que por fin, después de todos nuestros problemas y malentendidos, se había convertido en algo mío también Ahora, después de una sola tarde de regalar un montón de gatos drogados, creía que me los podía arrebatar. Masculié algo irritadamente, pero de modo ininteligible.

—¿Qué te pasa, Wheeze? —preguntó—. ¿No crees que debemos ayudar al capitán a prepararse para el temporal?

115

Para colmo, se las arreglaba para hacerme quedar mal delante de Call. Su voz tenía el dulce tono de siempre, y su cara reflejaba preocupación. Sentía ganas de abofetearla.

—Vete tú —le dije a Call—. Iremos cuando podamos.

Más tarde, los cuatro estábamos clavando tablas en las ventanas del capitán.

Call, Caroline y el capitán hablaban alegremente entre sí mientras trabajábamos. El capitán no quería subir nada a la segunda planta y se rió de mis temores de que el agua pudiera llegar más arriba del primer escalón de la entrada.

Fuimos con nuestros martillos, clavos y tablas a la casa de la tía Braxton e hicimos lo mismo con sus ventanas. Pronto apareció mi padre, y con su ayuda terminamos el trabajo en seguida.

—¿Quieres pasar la noche con nosotros, Hiram? —preguntó mi padre.

El capitán echó una rápida sonrisa, como si estuviera agradecido a mi padre por haberle llamado por su nombre.

—No —denegó—. Pero te lo agradezco. Se dice que cualquier puerto vale como refugio durante un temporal, pero prefiero el puerto de mi casa, si es posible.

—Se va a poner muy feo esta noche.

—No me sorprendería en absoluto.

El capitán juntó sus herramientas, dijo adiós con la mano y se fue hacia su casa.

Yo tenía un sueño muy profundo en aquella época, y fue mi padre y no el viento quien me despertó.

—Louise.

—¿Qué? ¿Qué? —me incorporé en la cama.

—Chist —dijo—. No hace falta que despiertes a tu hermana.

—¿Qué pasa?

—El viento está soplando con mucha fuerza. Voy a bajar a quitar el motor y a hundir el barco.

Sabía que ésta era una medida muy grave.

—¿Quieres que te ayude?

—No. Habrá muchos hombres en el muelle.

—De acuerdo —asentí, y me di la vuelta para seguir durmiendo. Me tocó suavemente.

—Creo que sería mejor que fueras a casa del capitán. Tráele aquí si acaso esto se pone peor.

Ahora estaba totalmente despierta. Mi padre estaba preocupado. Me levanté y me puse los zahones de trabajo encima del camisón. La casa se estremeció como el ferry del capitán Billy.

—¿Ha empezado a llover? —pregunté a mi padre al llegar a la puerta principal. El viento hacía tanto ruido que era difícil saberlo.

—Empezará pronto —dijo, dándome su linterna más grande—. Ponte el impermeable. Ten mucho cuidado y date prisa.

Dije que sí con la cabeza.

—Tú también, papá.

El temporal empezó más pronto de lo que había creído mi padre. De vez en cuando me agarraba a una de las empalizadas de las vallas de la calle para resistir al viento. Soplaba del noroeste, de modo que al ir en dirección sureste hacia la casa del capitán, tenía la sensación de que

117

en cualquier momento el viento me iba a levantar y arrojarme a la bahía. Al llegar a la última casa, donde la estrecha calle se convertía en sendero a través de la marisma, me puse de rodillas, levanté los faldones del impermeable hacia atrás y empecé a andar a gatas. El viento ya era demasiado fuerte para intentar caminar erguida.

Si nuestra casa, que estaba en medio de la aldea, se estremecía, era de ver la del capitán, que se erguía tan cerca del agua. Mi linterna iluminó por un momento aterrador las aguas de la bahía, que el viento agitaba furiosamente.

Y todos los que oyen estas palabras mías y no las siguen, serán como el hombre necio, que construyó su casa sobre la arena: Y la lluvia cayó y las aguas llegaron y azotaron aquella casa...

Empecé a gritar el nombre del capitán. Cómo logró oírme con el viento aullando de aquel modo, nunca podré saberlo, pero estaba en el porche cuando llegué.

—¿Sara Louise? ¿Dónde estás?

Me puse de pie, protegiéndome del viento como pude.

—¡Venga rápido! —grité—. Tiene que venir a casa.

Vino hacia mí súbitamente, cubrió con su cuerpo el mío y sujetó mis brazos alrededor de su cintura. Tomó mi linterna para que yo pudiera agarrarme a él con las manos.

—¡Sujétate a mí con todas tus fuerzas!

Aunque su robusto cuerpo de marinero aguantaba la fuerza del viento, el regreso a casa por el sendero fue espantoso. La lluvia caía como si fuera ráfagas de metralleta, y el agua de la marisma empezó a azotar nuestros pies. El capitán me gritó algo, pero su voz se perdió entre los aullidos del viento. Mis manos, igual que mi cuerpo, estaban totalmente empapadas. Una vez se soltaron. El capitán asió mi brazo izquierdo y me lo sujetó con mucha fuerza. Siguió sujetándome hasta después de llegar a la primera valla. Lo único real que experimentaba era el dolor en mi brazo, un cierto alivio en medio de la pesadilla. Las oscuras casas de la estrecha calle nos proporcionaron cierta protección contra el viento, pero el agua de la bahía corría ya sobre los aplastados caparazones de los moluscos.

Mi padre no estaba en casa cuando el capitán y yo llegamos. No había luz. Mi madre, cuyo rostro aparecía pálido a la luz de la lámpara de queroseno, estaba preparando café. La abuela se mecía en su silla, con los ojos entrecerrados.

—Oh, Señor —rezaba en voz alta—. ¿Por qué no desciendes a calmar el viento y las olas? Oh Jesús, dijiste a la tempestad en Galilea: «Paz, estate tranquila», y obedeció a tus palabras. Oh Señor, desciende y calma este viento malvado.

Como si la desafiaran, los gemidos del viento se convirtieron en alaridos. Nos produjo tal sobresalto que nos costó tiempo darnos cuenta de que mi padre había entrado por la puerta y empujaba una vieja alacena contra ella. La puerta estaba a sotavento, y todos sabíamos que más tarde el viento cambiaría de dirección. Teníamos que estar preparados.

—Echa agua en la lámpara, Susan —dijo mi padre—, y también sobre la cocina. Si estos objetos chocan entre sí, se puede provocar un incendio de primera.

119

Mamá le dio una taza de café antes de obedecerle.

—Ahora —dijo—, es mejor que vayamos todos arriba.

Tuvo que gritar para que la oyéramos, pero su tono era tan tranquilo que podía estar diciéndonos la hora.

—Vamos, mamá —le dijo a la abuela—. No querrás salir flotando en tu mecedora.

Enfocó con su linterna la escalera.

La abuela había dejado de rezar sus oraciones. Era eso, o que el viento las había tragado. Fue hacia la escalera y empezó a subirla lentamente. Mi padre me dio una palmada para que le siguiera.

—Oh, Dios santo —decía la abuela mientras subía—. Oh, Dios santo. Cuánto odio el agua.

Caroline seguía durmiendo. Ni la trompeta del Juicio Final le hubiera despertado. Fui hacia su cama para despertarla. Papá me llamó desde el pasillo.

—No —dijo—, déjala dormir.

Me volví hacia él.

—Se va a perder todo el huracán.

—Sí. Mejor. Quítate la ropa mojada e intenta dormir.

—No puedo dormir con todo eso, ni tampoco quiero.

A pesar de los aullidos del viento, le oí reír.

—Seguro que no.

Cuando me hube cambiado de ropa y limpiado lo mejor que pude, fui a la habitación de mis padres. Papá había bajado para subir la mecedora de la abuela para que ésta pudiera seguir meciéndose y gimotear como de costumbre. El capitán había podido quitarse la ropa húmeda en algún lugar y ponerse la bata de mi padre, que casi no podía abrochar. Papá y mamá estaban sentados en su cama, y el capitán se había dejado caer sobre la única silla. En la habitación habían encendido una vela, cuya llama hacía temblar el viento que entraba por las grietas de la casa.

Mamá dio una palmadita en la cama. Me acerqué para sentarme a su lado. Tenía ganas de acurrucarme en su regazo como hacía cuando era pequeña, pero con mis catorce años no me atrevía, así que me arrimé a su cuerpo todo lo que pude.

Tuvimos que dejar de hablar. Era demasiado difícil hacernos oír por encima del viento, que daba unos alaridos como una gigantesca paloma herida. Ya no oíamos los susurros de los rezos de la abuela ni la lluvia ni el agua.

De repente se hizo el silencio.

—¿Qué pasa?

Aunque tan pronto como lo pregunté supe la contestación. Estábamos en el ojo del huracán. Papá se levantó, agarró la linterna y fue hasta la escalera. El capitán se puso en pie, cerró su bata y le siguió. Yo empecé a levantarme, pero mamá me puso un brazo sobre mis piernas.

—No se sabe el tiempo que durará —dijo—; deja que vayan los hombres.

Iba a decir algo, pero me encontraba demasiado cansada. Menos mal. Los hombres volvieron en seguida.

—Bueno, Sue, tenemos más de medio metro de agua de la bahía corriendo abajo. —Papá se sentó a su lado—. Me temo que tu bonita sala de estar va a quedar hecha un asco.

Le propinó una palmadita en la rodilla.

—Lo importante es que estamos a salvo —continuó.

121

—Ohhhh, Señor. —La abuela lanzó un grito—. ¿Por qué los justos tienen que sufrir tanto?

—Estamos todos a salvo, mamá —dijo mi padre—. Estamos todos a salvo. A nadie le pasa nada.

Entonces la abuela empezó a llorar, gritando como una niña asustada. Consternados, mis padres se intercambiaron miradas. Yo estaba furiosa. ¿Qué derecho tenía ella, una mujer adulta, que había pasado por muchos temporales, a comportarse de esta forma?

El capitán se levantó y se puso de rodillas al lado de su silla.

—Todo ha pasado, Louise —dijo como si hablara con una niña—. Un huracán es una cosa terrible.

Cuando dijo esto me acordé de la historia que había oído contar sobre él de cuando cortó el mástil del barco de su padre. ¿Era posible que un hombre tan sereno se hubiera asustado tanto?

—¿Quieres que te lea —le preguntó— mientras llega la calma?

Ella no contestó. Él se levantó y, tomando la Biblia que estaba en la mesita de noche, puso su silla al lado de la vela. Mientras pasaba las páginas buscando dónde empezar, la abuela levantó la vista.

—No está nada bien que un pagano lea la palabra de Dios —dijo.

—¡Cállate, mamá!

Nunca había oído a mi padre hablarle con un tono tan áspero. Pero ella se calló, y el capitán comenzó a leer.

—Dios es nuestro refugio y nuestra fuerza, la verdadera ayuda con que luchar contra las dificultades. —Leía bien, mejor que nuestro predicador, casi tan bien como el

122

señor Rice—. Por eso no temeremos, aunque la tierra se remueva, aunque las montañas sean arrastradas en medio del mar, aunque las aguas rujan y se agiten, aunque las montañas tiemblen bajo una fuerza cada vez mayor... Me pasó por la mente un maravilloso y terrible cuadro de enormes montañas arboladas, sacudidas por una mano gigantesca que las había arrancado de cuajo, y las echaba en un mar hirviendo. Nunca había visto montañas salvo en un libro de geografía. Tenía catorce años, y nunca había visto una montaña auténtica. Pero pensaba verlas. No iba a terminar como mi abuela, miedosa y reseca.

Me contaron más tarde que había pasado lo peor de la tormenta durmiendo.

Al sobrepasarnos el ojo del huracán, el viento sopló del sur con más fuerza que nunca.

—Asió esta vieja casa por el cuello y la sacudió hasta dejarla molida —explicó mi padre—. Pero no hubo forma de despertarte. Roncabas como un viejo perro.

—¡Yo no ronco! —Me horrorizaba pensar que el capitán me hubiera visto mientras roncaba.

—Tus ronquidos por poco tapan el ruido del viento.

Esperaba que mi padre estuviera tomándome el pelo.

No fue un huracán como el que azotó la costa atlántica en el año 44, ni uno de esos de los que hablan los libros. No se perdieron vidas en la isla en el temporal del 42. Al menos, vidas humanas. El temporal llevó a cabo sin remordimientos de conciencia lo que nosotros no tuvimos valor para hacer. Redujo la población gatuna de la isla en al menos dos tercios.

XI

Era el día más azul y más claro de todo el verano. Cada soplo de aire era delicioso, con un sabor puro y salado que te despertaba los sentidos. Si el capitán y yo hubiéramos permanecido en el porche con los ojos cerrados, hubiera sido un día perfecto. Pero mientras nuestras narices y pulmones se sentían envolver por las delicias de la naturaleza, nuestros ojos contemplaban las pruebas de su brutalidad.

Ya no había agua en nuestra sala de estar, pero cubría todavía nuestro jardín al ras del porche. Sobre el agua fangosa había trozos de madera de las vallas, grandes troncos, nasas para cangrejos, restos de flotadores y cobertizos, barcas y...

—¿Qué es eso?

Agarré el brazo del capitán.

—Un ataúd —dijo tranquilamente—. Estos temporales los desentierran de vez en cuando. Lo único que hay que hacer es volver a plantarlos.

Era evidente que no pensaba en los muertos.

—Escucha —dijo—, sería peligroso ir andando hasta mi casa esta mañana. Entremos y ayudemos a tu madre.

La visión de nuestra mojada y enlodada primera planta me hundía como el peso del plomo sobre una nasa.

—¿No quiere ver qué ha pasado en su casa? —pregunté.

Era un día propicio para la aventura, no para trabajos pesados y aburridos.

—Habrá mucho tiempo para verla cuando haya bajado el agua —contestó, volviéndose para entrar en casa.

—¡Mi barco!

Eso era. Con la pértiga podíamos llevar el esquife hasta su casa, sorteando los desechos como si fueran placas de hielo. Ladeó la cabeza. Estoy segura de que dudaba de que mi pequeño esquife hubiera sobrevivido al temporal.

En aquel momento era imposible saberlo. El estero había desaparecido bajo los veinte centímetros de agua que inundaron el jardín trasero, llevándose consigo el mismo montón de restos flotantes que antes se arremolinaban ante el jardín delantero. El día anterior, mi padre había amarrado la barca no sólo al pino donde yo habitualmente aseguraba su amarra de proa, sino ajustándolo también por un lado a la higuera y por el otro al cedro. Los tres árboles permanecían en su sitio, con un aspecto ligeramente parecido a niños pequeños después de haber recibido un corte de pelo veraniego. Desde el porche podía vislumbrar por fin sus tensas amarras, y luego avisté sus batideros flotando justo por encima de la superficie del agua.

—¡Ahí está!

Estaba con un pie fuera del porche cuando me asió el capitán.

—¿Quieres agarrar el tétanos o la tifoidea, o las dos cosas a la vez? —Señaló mis piernas y pies desnudos. Estaba demasiado feliz para sentirme ofendida.

—Vale, espere un minuto.

Esperó mientras fui a buscar unas viejas botas de mi padre. Papá se había puesto las buenas cuando se marchó más temprano a ver lo que había pasado con su barco y con el cobertizo de los cangrejos.

Achicamos el agua del esquife hasta que flotó en el agua. El capitán aflojó la amarra por el lado del todavía invisible estero por donde estaba la casa, luego me metí en la barca y, tirando de la otra amarra, avancé hacia el cedro para desatar el otro nudo. El capitán trajo la pértiga de la cocina y, cuando me la hubo pasado por la popa, subió y se sentó frente a mí, con los brazos cruzados sobre el pecho.

Me dejó maniobrar el esquife por entre los restos de la inundación sin ni siquiera mirar por encima del hombro para ver contra lo que podía chocar. Me dirigí con la pértiga hacia lo que yo creí que podía ser la línea del estero. El agua estaba demasiado llena de fango y basura para saberlo. La pértiga bajaba unos treinta y cinco centímetros, pero de vez en cuando se hundía hasta un metro, y entonces sabía que había encontrado el estero de nuevo.

El capitán tenía un aspecto tan sombrío que casi me

imaginé como una esclava egipcia llevando a un faraón de paseo por el inundado delta del Nilo. En el curso de quinto de historia habíamos pasado mucho tiempo ocupados por los deltas inundados del mundo antiguo. Me imaginé como una de esas esclavas sabias que podían leer y escribir y que se atrevían a dar consejos a su amo. Ahora, por ejemplo, era como si estuviera tranquilizando al faraón, diciéndole que era un regalo de los dioses, que una vez que las aguas hubieran bajado, las ricas y negras tierras del delta darían grano en abundancia. Nuestros graneros estarían repletos, a igual que cuando el gran José fue ministro del faraón.

Me sacó de mis ensueños un estridente cacareo que procedía de una casita que nos pasó flotando.

—¡Mire! —comenté—. Eso parece el gallinero de los Lewis.

Los sobrevivientes ocupantes del gallinero cloqueaban al mundo sus desgracias mientras eran arrastrados por las aguas.

El temporal había sido caprichoso. Algunas casas aparecían sin tejado, mientras que la casa de al lado no sólo estaba incólume, sino que conservaba su valla y su cobertizo intactos. Algunas personas ya estaban apilando sus cosas y limpiando los restos que encontraban pegados a sus vallas. Las llamé y las saludé con la mano.

Me devolvieron el saludo y gritaron cosas como: «Wheeze, ¿estáis todos bien?».

Yo contestaba: «Sí, señor. Al menos la casa está bien». Pocas veces había sentido tanta simpatía hacia mis vecinos de la isla. Movía la cabeza, los saludaba y sonreía. Aquella mañana quería a todo el mundo.

127

Había sobrepasado y dado la vuelta a la última casa de la aldea cuando me di cuenta de que había perdido la orientación. Suponía que en aquel momento tenía que estar sobre la marisma. El sol pegaba a estribor, así que debía de estar dirigiéndome directamente hacia la casa del capitán.

Un extraño chillido se me escapó de la garganta, sorprendiendo al capitán.

—¿Qué pasa?

Se volvió rápidamente para ver lo que yo veía. O mejor dicho, lo que no veía. Nada. Nada de nada. Ni un árbol, ni una tabla. No quedaba nada en el lugar donde había estado la casa del capitán la noche anterior.

Nos costó unos minutos comprender lo ocurrido. Di un rodeo al lugar, o intenté hacerlo. La pértiga se hundió tan profundamente que no me atreví a ir más lejos. No quedaba ningún rastro para indicarnos si estábamos sobre el sur de la marisma o en el lugar donde estuvo la casa de los Wallace. Ya todo se había convertido en bahía.

Al principio no fui capaz de hacer otra cosa que observar el agua fangosa. Miré de reojo al capitán. La mirada de éste era vidriosa, y se tiraba de los pelos de la barba con la mano izquierda. Se dio cuenta de que yo le miraba y carraspeó.

—Teníamos vacas —dijo—. ¿Lo sabías?

—Sí, lo he oído decir.

—Aunque la tierra se remueva —murmuraba—. Aunque las montañas sean arrastradas en medio del mar...

Quise decirle cuánto lo sentía, pero me pareció infantil. Yo ni siquiera había perdido la pértiga. Él lo había perdido todo.

Apretó aún con más fuerza sus brazos cruzados sobre el pecho. Con los ojos medio cerrados, dijo con voz ronca:

—Bueno. Se acabó.

Mientras hacía virar la barca, intenté comprender sus palabras. Por fin dije:

—¿A dónde quiere ir?

Le salió una risa que era más bien un bufido. Puse la pértiga en la barca y me senté sobre el banco de bogar frente a él.

—Cuánto lo siento —murmuré.

Hizo un gesto con la cabeza como si quisiera sacudirse mi preocupación; sus ojos le brillaban. Sus manos cayeron en su regazo. Llevaba la vieja ropa de mi padre, una vieja camisa de trabajo de color azul y unos pantalones de dril que le quedaban un poco estrechos. Parecía estar fijándose en cómo el pulgar derecho frotaba los nudillos de su mano izquierda. A pesar de su barba blanca, tenía el aire de un niño pequeño haciendo esfuerzos por no llorar. Tenía miedo de que pudiera ver lágrimas en sus ojos, y yo tenía tantas ganas de evitarme semejante visión que me levanté del banco, crucé a gatas el estrecho espacio que había entre nosotros y le abracé. La áspera camisa me arañaba la barbilla, y sentí la presión de sus rodillas contra mi estómago.

De repente, algo ocurrió. No lo puedo explicar. No había abrazado a nadie desde que era pequeña. Tal vez fuera la infrecuente proximidad, no lo sé. Sólo quería consolarle, pero al sentir el olor de su sudor y la rudeza de su barba contra mi mejilla, dentro de mí sonó una alarma. Todo mi cuerpo estaba lleno de calor, y oía mi corazón que parecía querer salir del pecho. «Suéltale, tonta», decía una parte de mí, mientras que otra voz, que casi no reconocí, me encarecía a abrazarle aún con más fuerza.

Le solté bruscamente y, saltando por encima del barco, tomé la dura y sólida pértiga y, de pie, la metí violentamente en el agua. No me atrevía a hablar, y mucho menos a mirarle. «¿Qué pensará de mí?» Yo sabía que lo que había provocado la sensación que había sentido en aquel momento tenía que ser un terrible pecado. Pero estaba mucho menos preocupada por el juicio de Dios en aquel momento que por el del capitán. ¿Y si se reía? ¿Y si lo contaba a alguien? A Call. ¡Que no lo permita Dios! ¿O a Caroline?

Eché una ojeada a sus manos. Los dedos de su mano derecha daban golpes en la rodilla. Nunca me había fijado en que tuviese unos dedos tan largos. Sus uñas eran grandes, de cutículas redondas y con las puntas cortadas pulcramente al ras. Nunca había visto a un hombre con uñas tan limpias. Era como la mano masculina del anuncio, que se estiraba para poner un diamante en la mano femenina tratada con la crema hidratante. ¿Por qué nunca me había fijado en lo hermosas que eran sus manos? Deseaba tomar una entre las mías y besarle las puntas de los dedos. Por Dios, me estaba volviendo loca. Simplemente, la visión de sus manos provocaba emociones raras en los lugares íntimos de mi cuerpo, al igual que había ocurrido cuando le abracé. Concentré todas mis fuerzas en la pértiga para intentar dirigir la barca hacia casa. Chocaba continuamente contra restos flotantes. Estoy segura de que se dio cuenta de lo agitada que estaba. Seguía esperando que él dijera algo. Cualquier cosa.

—Bueno —dijo.

Mi corazón pegó un salto por entre las costillas al oírle.

—Bueno. —Soltó un suspiro como una pequeña explosión—. Se acabó.

«¿Se acabó?» Algo gemía en mi mente. Llevé la barca bruscamente a nuestro porche trasero, salí de un salto y la amarré a un poste. Luego, sin mirar atrás, entré como una flecha en la casa y subí al santuario de mi dormitorio.

—¿Qué te ha pasado, Wheeze?

De santuario, nada. De escondite, nada. Ahí estaba Caroline para hacer preguntas. Me zambullí en la cama y metí la cabeza bajo la almohada.

—Por amor de Dios, Wheeze. ¿Qué demonios está ocurriendo?

Como rehusé contestarle, se terminó de vestir y bajó. Podía oír voces, a pesar de que la almohada las amortiguaba. Esperaba las risas. Lentamente, mientras me iba calmando, me di cuenta de que el capitán nunca diría a mi madre o a mi abuela lo que había ocurrido en el barco. A Call o a Caroline, tal vez, pero nunca a las otras.

Sin embargo, aunque nunca se lo dijera a nadie, ¿cómo podría volver a mirarle a la cara? Sólo pensar en su olor, en sus manos, en su contacto, me entró una sensación de calor. «Tiene más años que tu abuela —me repetía para mis adentros—. Cuando la abuela era una

131

niña, él era casi un hombre.» Mi abuela había cumplido ya los sesenta y tres años. Parecía tener cien, pero sólo tenía sesenta y tres. Lo sabía porque tenía dieciséis cuando nació mi padre. De modo que el capitán tendría más de setenta. Y yo con catorce, ¡por piedad! Setenta menos catorce eran ¡cincuenta y seis! Cincuenta y seis. Entonces recordé la uña redonda de su pulgar, y mi cuerpo se puso a arder como un pino resinoso.

Oí a mi padre entrar por la puerta principal. Salté de la cama e intenté arreglarme delante de nuestro espejo rayado. No podía fingir que no le había oído, y nadie comprendería por qué no bajaba para oír lo que contaba. Tendría que estar muerta para quedarme arriba. Pasé el peine por mis enredados cabellos y bajé ruidosamente los escalones. Todos se volvieron al oír tanto alboroto. Eché un vistazo a la cara del capitán. Sonreía. Estoy segura de que me ruboricé, pero nadie me hacía caso. Lo que les interesaba a todos era saber lo que estaba pasando en el puerto.

—El barco está bien. —Ésa fue la primera noticia y, para nosotros, la más vital.

—Gracias a Dios —dijo mamá serenamente, pero con una fuerza que me sorprendió.

—Hay muchos —continuó papá— que no han tenido tanta suerte. Muchos de los barcos que no se hundieron están destrozados. Va a ser un año duro para algunos. Nuestro cobertizo de los cangrejos ha desaparecido, y también los flotadores, pero al menos tenemos el barco. El muelle está hecho cisco, pero la gente conserva sus casas.

—Excepto el capitán —dijo Caroline con voz tan rápida y alta que nadie pudo decir más. No me parecía bien que al capitán le quitaran la oportunidad de contar su propia tragedia. No le quedaba otra cosa en el mundo. Por lo menos tenía derecho a su historia. Pero así era Caroline, pisaba los derechos de los otros sin ni siquiera pensarlo.

—Bendito sea —dijo mi padre—. Y yo pensando en la suerte que hemos tenido. ¿No te queda nada?

El capitán dijo que no con la cabeza y apretó sus brazos cruzados sobre el pecho como antes.

—Ni siquiera la tierra firme donde se asentaba —dijo.

Nadie abrió la boca. La abuela dejó por algún tiempo su incesante mecer del sillón. Por fin, él dijo:

—Toda la marisma era un prado cuando yo era niño. Teníamos vacas.

Me molestó que siguiera contando lo de las vacas. No me cabía en la cabeza que aquello supusiera tanto para él.

—Bueno —repitió mi padre. Se acercó a la mesa y se dejó caer pesadamente en una silla—. Te quedarás aquí con nosotros algún tiempo.

El capitán abrió la boca para decir algo, pero la abuela fue más rápida.

—No hay sitio en la casa para otra persona —anunció.

Tenía razón, pero podía haberla asesinado por decirlo.

—Las niñas pueden dormir en una misma cama, mamá —dijo mi padre—. Y tú puedes dormir en la otra cama.

133

Abrió la boca de par en par, pero la mirada que él le lanzó la hizo callar.

—Louise te ayudará a llevar tus cosas arriba.

—No quiero estorbar —dijo el capitán. Su voz era tímida, quebrada, nunca le había oído hablar así.

—Él no estorba —dije en voz alta antes de que la abuela pudiera entrometerse de nuevo. Corrí a la habitación y me puse a limpiar los cajones, y a toda prisa llevé sus cosas para arriba. Por una parte, estaba loca de alegría al pensar que estaría tan cerca de mí y, por otra, tenía un miedo mortal. Me parecía que no sabría dominarme, yo, que siempre me había sentido orgullosa de mantener bien oculto mi verdadero ser. Metí mis cosas en un bolso y lo tiré debajo de la cama de Caroline, y luego doblé meticulosamente las cosas de la abuela y las coloqué en los cajones. Estaba temblando. La abuela subió airadamente la escalera. Estaba rabiosa.

—No entiendo a tu padre —dijo, jadeando todavía por haber subido tan apresuradamente la escalera—. Dejar entrar a ese pagano en nuestra casa. Dejarle una cama. ¡Oh, bendito sea!, mi propia cama.

—¡Déjalo! —No lo dije muy fuerte, pero sí a la cara. Quizá la asusté. Dio un respingo y se echó atrás. Subió a mi cama. Como es natural, daba por descontado que sería yo quien renunciaría a la cama.

—Voy a descansar —dijo—. Si es que le importa a alguien.

Cerré el cajón con estrépito y bajé la escalera. ¿Cómo se atrevía ella a herir los sentimientos del capitán? Había perdido todo lo que tenía en el mundo. Recordé cómo una de sus hermosas manos lijaba el respaldo de una de sus viejas sillas. Cuánto había trabajado en la casa. Los tres trabajamos. Él, Call y yo. Pero no Caroline. La casa no le pertenecía a ella, sólo a nosotros. Cuando entré en la sala de estar, Caroline estaba sirviéndole una taza de café, con una atención de lo más exagerada. Luego se sirvió otra taza y se sentó a su lado, sus hermosos ojos mirándole compasivamente.

—¿Quieres una taza de café, Louise?

—No —dije bruscamente—. Alguien tiene que recordar que hoy no es precisamente fiesta.

No tenía adónde ir, ya que no existía la punta de la marisma donde podía sentarme a solas sobre el tocón arrojado por el mar y mirar el agua. Quería llorar, gritar y tirar cosas. Pero en lugar de eso, con un dominio casi perfecto, fui a por una escoba y comencé a atacar con furia la arena que se había pegado al cemento en un rincón de la sala de estar.

XII

Durante los tres días que vivió el capitán con nosotros, evité mirarle a los ojos. Sin embargo, estaba obsesionada por sus manos. Siempre estuvieron en movimiento, porque se empeñó en pagar su parte limpiando la casa. Por entonces el agua había desaparecido del jardín y de la calle, y casi toda nuestra planta baja, aunque olía a cobertizo de los cangrejos más que a casa, estaba limpia. Llevamos el sillón y el sofá al porche delantero para airearlos lo mejor posible. La cama alta de la abuela había escapado al agua pero olía a humedad, así que colocamos el colchón en el porche, al sol.

El capitán me trató como si nada hubiera pasado entre nosotros. Al menos eso es lo que creo. Tenía la cabeza tan revuelta que no podía distinguir entre lo que era natural y lo que no. Me llamaba «Sara Louise», pero hacía tiempo que me llamaba así. Entonces, ¿por qué me parecía su voz tan angustiosamente dulce cuando pronunciaba mi nombre? Se me saltaban las lágrimas sólo al oírle.

La segunda tarde, cuando ya no quedaba nada de agua, salió y estuvo fuera varias horas. Quise acompañarle, pero no me fiaba de mí misma. ¿No cometería cualquier locura si me encontrase de repente a solas con él? Pero después de marcharse, empecé a inquietarme. ¿Sería capaz de hacer alguna locura, ya que lo había perdido todo? Me pasó por la cabeza la visión de él entrando en el agua y caminando en línea recta hasta que la bahía se lo tragaba. Oh, si pudiera decirle que me tenía a mí, que jamás le dejaría. Pero no era capaz. Sabía que no era capaz.

Me olvidé del trabajo y me dediqué a esperarle. Caroline y yo teníamos que empapelar de nuevo los estantes inferiores de los armarios de la cocina para poder volver a bajar y guardar en ellos las conservas.

—¿Wheeze? ¿Qué haces, Wheeze? Te has acercado a la puerta cinco veces en los últimos cinco minutos.

—Oh, déjame en paz.

—Yo sé lo que está haciendo. —La abuela se mecía como siempre en la sala de estar—. Está atisbando a ver si llega ese pagano, su capitán.

Caroline estalló en risitas, y luego intentó disimularlas con una falsa tos. Al entrar en la cocina donde la abuela no nos veía, daba vueltas con los ojos mientras me miraba y se tocaba la sien con el dedo para indicar que creía que la abuela estaba como una cabra.

—Sí. Sí —continuó la voz en la otra habitación—. No le quita los ojos de encima. A ese malvado. Lo veo. Desde luego que lo veo.

Caroline se echó a reír entonces con más fuerza. No sabía a cuál de las dos tenía más ganas de matar.

—Le dije a Susan que no nos haría ningún bien dejar entrar a ese hombre en casa. Es como dejar entrar al propio diablo. No es difícil hechizar a una niña tonta, pero también...

Me atraganté como si hubiera tragado agua de la marisma al escuchar su voz monótona.

—Tampoco los que dejan entrar al diablo pueden considerarse libres de culpa.

Tenía un bote de judías en la mano y lo juro, si mi madre no hubiera bajado la escalera precisamente en ese momento, lo hubiera tirado a la cabeza bamboleante de la vieja. No sé si mi madre oyó algo, o nada, pero supongo que intuía el odio, ya que el ambiente estaba tan enrarecido que el aire se podía cortar. Fuera lo que fuera, sacó a la abuela de su mecedora y la ayudó a subir arriba para dormir la siesta.

Cuando volvió, Caroline estaba prácticamente bailando sobre el linóleo, reventando por contarlo todo.

—¿Sabes lo que ha dicho la abuela?

Me revolví contra ella como una fiera.

—Cállate la boca, estúpida.

Caroline se puso pálida y luego se recuperó.

—Quien sea que dice «Tú, estúpida» se expondrá al fuego del infierno —citó piadosamente.

—Bendito sea —dijo mamá. No solía recurrir a las expresiones típicas de la isla—. ¿No hay ya bastantes problemas como para que vosotras dos queráis crear unos cuantos más?

Abrí la boca, sólo para volver a cerrarla de golpe. «Mamá —quise gritar—, dime que no estoy expuesta al fuego del infierno.» Mis pesadillas infantiles de verme condenada empezaban a aflorar a la superficie, pero ya no había lugar adonde escaparme. ¿Cómo iba a contar a mi madre el desorden de mi cuerpo o la desesperación de mi mente? Mientras terminaba de guardar las conservas en medio de un helado silencio, me di cuenta de mis propias manos. Las uñas estaban rotas y muy poco limpias, la cutícula descarnada. Había una rayita roja en el borde del dedo índice, donde había mordido la uña.

«Es hermosa, está comprometida, usa crema hidratante Nivea», se leía en el anuncio, que mostraba dos manos exquisitamente blancas con uñas perfectamente formadas y arregladas, luciendo un brillante en la mano izquierda, delicadamente curvada. Un hombre con fuertes manos limpias jamás me miraría con amor. Ningún hombre lo haría. En aquel momento me parecía más terrible que ser abandonada por Dios.

Los cinco estábamos ya cenando cuando llegó el capitán. Llamó educadamente a la puerta. Me levanté de un salto y corrí hacia la puerta alambrada para abrirla, a pesar de que mi madre no me había dicho que lo hiciera. Allí estaba, sus ojos azules hundidos por el cansancio, pero una sonrisa simpática luciendo por encima de la barba. Llevaba en brazos el enorme gato anaranjado.

—Mira lo que encontré —dijo cuando abría la puerta.

Caroline se acercó en seguida.

—¡Encontraste al viejo gato anaranjado! —gritó como si hubiera tenido alguna relación con el animal.

Quiso agarrarlo. Casi me alegré, porque imaginé que el viejo gato se volvería una fiera al sentir su mano. La tempestad debía de haber quebrantado su espíritu, porque se quedó ronroneando contra el pecho de Caroline.

—Qué bonito eres, viejo —murmuró, frotándose la nariz contra su piel.

Si Caroline hubiera tenido que vérselas con el diablo, es probable que le hubiera domesticado también. Llenó un plato con los restos del pescado que estábamos cenando y lo puso en el suelo de la cocina. El gato metió la cabeza alegremente en el plato.

El capitán siguió a Caroline a la cocina, donde se lavó las manos con un cucharón escaso de nuestra preciosa agua potable. Luego sacó un gran pañuelo blanco y las secó cuidadosamente antes de volver a la sala de estar y sentarse a la mesa. Me esforcé en no mirar sus manos, a sabiendas de que eran más peligrosas para mí que su rostro, pero a veces no podía dominarme.

—Bien —dijo, como si alguien le hubiera hecho una pregunta—. Me las arreglé para ir a Crisfield hoy.

Todos levantaron la vista y murmuraron, aunque estaba claro que iba a contarnos lo que había estado haciendo sin tener que preguntárselo.

—Fui a hacerle una visita a Trudy al hospital —dijo—. Tiene una casa en perfecto estado, que está vacía. Se me ocurrió que tal vez no le molestaría que me quedara allí hasta que encuentre una solución más estable.

Desdobló meticulosamente la servilleta de tela y la dejó posar en su regazo, luego levantó la vista como si esperara nuestras opiniones. La primera en hablar fue la abuela.

—Ya lo sabía —musitó sombríamente, sin aclarar qué era lo que sabía.

—Hiram —dijo mi padre—, por nosotros no hay necesidad de que te marches. Estamos orgullosos de tenerte aquí.

El capitán lanzó una mirada fugaz a la abuela, que tenía la boca abierta, pero antes de que le salieran las palabras, él dijo:

—Sois muy amables. Todos. Pero puedo dedicarme a limpiar su casa mientras esté allí. Ponerla en condiciones para cuando vuelva. Será una ayuda tanto para ella como para mí.

Se marchó nada más terminar de cenar. No tenía nada que llevar consigo, simplemente se fue con el gato anaranjado pisándole los talones.

—Espere —le llamó Caroline—, Wheeze y yo le acompañaremos.

Tomó su pañuelo azul celeste y lo ciñó holgadamente en su cabeza. Siempre tenía aspecto de una chica de anuncio cuando llevaba ese pañuelo.

—Vamos —me dijo mientras yo me hacía la remolona.

Y los acompañé con piernas tan pesadas que casi no las podía levantar. «Es mejor así —intenté convencerme—. Mientras él esté aquí, estaré en peligro. Aunque no me ponga en evidencia, la abuela me descubrirá. Oh, bendito sea, qué pena me da que se marche.»

El curso comenzó, y supongo que me ayudó algo. Desde que se marchó el señor Rice, sólo había un profesor para toda la escuela secundaria. Nuestra escuela secundaria, que cuando estaba en su apogeo contaba con unos veinte alumnos, había disminuido a quince, ya que dos chicos habían terminado sus estudios y tres más se fueron a la guerra. Había seis, incluidos Call, Caroline y yo, en el primer curso, cinco en segundo, tres en tercero y una sola chica en cuarto, Myrna Dolman, que llevaba gafas de gruesos cristales y alimentaba tercamente la ambición que había tenido desde el primer curso escolar de convertirse en maestra. Nuestra profesora, la señorita Hazel Marks, solía poner a Myrna como ejemplo para los demás. Aparentemente, el alumno ideal, a ojos de la señorita Hazel, era el que tenía una letra más clara y nunca sonreía.

No es que yo sonriera mucho aquel otoño, pero mi letra no mejoró. Sin el señor Rice, la escuela ya no era amena. Aunque él no fue nuestro profesor de octavo de primaria, nos había permitido juntarnos con la escuela secundaria a la hora de la música, porque sin Caroline no había coro. Ni siquiera tener que reconocerlo disminuía el placer que sentía a la hora de la música. Ahora, sin embargo, no había nada que esperar.

Por otra parte, existía cierta seguridad en el implacable aburrimiento de todos los días. Oí decir una vez que hay personas que cometen los crímenes sólo para que las descubran y las metan en la cárcel. No me parece difícil entender esa mentalidad. Hay momentos en que hasta una cárcel debe de parecer un refugio.

Al noveno curso le tocó sentarse en el peor lugar de toda el aula, en la parte de enfrente y a la derecha, lejos de la ventana. Pasé horas contemplando el adusto rostro de George Washington tal como lo pintó Gilbert Stuart. Esta experiencia me llevó a la conclusión de que nuestro primer presidente, además de tener el pelo rizado, tenía la nariz roja y ganchuda, mofletes, una boca melindrosa y pedante y papada. Todo eso lo podía yo considerar inofensivo, si no fuera por sus inmóviles ojos azules, ojos capaces de leer todo lo que pasaba en mi mente. «¿Es posible, Sara Louise?», parecía decirme cada vez que le miraba. Mi proyecto mental de aquel otoño era estudiar las manos de todos los del aula. Entonces defendía la teoría de que las manos eran la parte más reveladora del cuerpo humano —mucho más significativas que los ojos—. Por ejemplo, si la única parte del cuerpo de Caroline que veías eran sus manos, te dabas cuenta en seguida de que era una persona con dotes artísticas. Sus dedos eran tan largos y delicadamente formados como aquellos que se veían, sin cuerpo, en los anuncios de Nivea. Limaba sus uñas formando un arco perfecto que sobresalía una pizca de la punta de su dedo. No se puede tomar en serio a una persona con uñas demasiado largas, y llevarlas demasiado cortas significa que tienes problemas. Las suyas eran perfectas, lo cual demostraba que tenía un don natural, además de fuerza de voluntad para cultivarlo.

Por el contrario, Call tenía dedos anchos y cortos con uñas mordidas hasta hacer asomar la carne viva. Estaban rojas y rugosas, señal de que trabajaba mucho, pero le faltaban los músculos que les hubieran dado algo de dignidad. De muy mala gana, llegué a la conclusión de que eran manos de persona de buen corazón, pero de segunda categoría. Después de todo, Call siempre había sido mi mejor amigo, pero me decía para mis adentros que era necesario aceptar las realidades por desagradables que fuesen.

Luego estaban mis manos. Pero ya he hablado de ellas. Decidí un día en medio de una clase de ecuaciones de álgebra cambiar mi desafortunada vida mediante un cambio en mis manos.

Tomé algo del precioso dinero de los cangrejos y me fui a la tienda de Kellam para comprar un frasco de crema hidratante, limas, maderas de naranjo, crema para hacer desaparecer la cutícula y hasta una bote de laca que, pese a ser de un color insulso, me parecía una compra de lo más atrevida.

Todas las mañanas, tan pronto como había luz natural suficiente para ver sin tener que encender la luz artificial, comenzaba a arreglarme las manos. Era un ritual tan serio como los rezos matutinos de un misionero y que procuraba terminar mucho antes de que se despertara Caroline. Con mucho cuidado, escondía todas esas cosas en el fondo del cajón inferior de la cómoda que compartíamos. A pesar de toda mi astucia, una tarde la encontré untándose abundantemente las manos con mi crema hidratante.

—¿De dónde has sacado eso?

—De tu cajón —dijo con toda inocencia—. Creí que no te molestaría.

—Pues sí que me molesta —dije—. No tienes derecho a meter la nariz en mis cajones y robar mis cosas.

—Oh, Wheeze —dijo plácidamente, echándose más loción—. No seas egoísta.

—Vale —chillé—, ¡tómalo!, ¡tómalo! ¡Toma todo lo que tengo!

Agarré la botella y la tiré contra la pared por encima de su cama. Se rompió en pedazos y cayó, dejando una mezcla de cristales rotos y de crema hidratante escurriéndose por la pared.

—Wheeze —dijo serenamente, mirando primero la pared y luego a mí—. ¿Te has vuelto loca?

Huí de la casa y me dirigí hacia la marisma del sur, hasta que me acordé de que ya no existía. Me detuve temblando en el lugar donde comenzaba el sendero hacia la marisma, y a través de las lágrimas creí vislumbrar por encima del agua un trocito de tierra firme, mi viejo refugio ya aislado del resto de la tierra, huérfano y solitario.

XIII

Caroline no contó a nadie el incidente de la crema hidratante, y por lo tanto nadie más sospechó que me estaba volviendo loca. Guardé para mí esta convicción, y de vez en cuando me dedicaba a admirarla en secreto. Estaba convencida de que yo estaba loca, y es asombroso que tan pronto como lo acepté, me tranquilicé. Yo nada podía hacer. Y parecía que era relativamente inofensiva. Es decir, no había tirado la botella de loción a nadie, sólo a la pared. No había razón para avisar o molestar a mis padres. Seguramente podía vivir toda mi vida en la isla, a mi modo, tranquila y caprichosa, como lo hacía la tía Braxton. Nadie le hacía mucho caso, y si no hubiera sido por los gatos, es probable que hubiera vivido y muerto entre nosotros más bien olvidada de todos. Caroline dejaría seguramente la isla, y la casa sería mía una vez que murieran la abuela y mis padres. (Sólo sentí un débil escalofrío al considerar la muerte de mis padres.) Podría dedicarme a la pesca de cangrejos como un hombre, si quería. A la gente loca que se considera inofensiva le conceden mucha más libertad que a las personas normales. Así que, mientras dejara a todo el mundo en paz, podría hacer lo que se me antojara. Pensar en mí como una vieja loca e independiente casi me hacía feliz.

Como nadie sabía cuál era mi estado, la atención de la familia se centró en la tía Braxton. Le iban a dar el alta, lo que significaba que pronto el capitán se volvería a encontrar sin casa.

Mi padre lo veía con toda claridad. Éramos los amigos del capitán; por lo tanto, viviría con nosotros. Pero mi abuela se mostró inflexible.

—No quiero a ese pagano en mi casa, y mucho menos en mi cama. Eso es lo que él quisiera. Acostarse en mi cama conmigo.

—¡Mamá Bradshaw!

Mamá estaba realmente escandalizada. Mi padre nos miró nerviosamente a Caroline y a mí. Caroline estaba a punto de echarse a reír; yo, de volverme rabiosa.

—Bueno, es que creo que cuando una mujer se hace vieja ningún hombre vuelve a mirarla de esa manera.

—Madre —dijo mi padre. La seriedad de su voz la hizo callar—. Las niñas... —e hizo un gesto con la cabeza hacia nosotras.

—Oh, es ella quien le azuzaba —dijo la abuela—. Cree que él la desea, pero yo sé a quién desea él de veras.

Mi padre se dirigió a Caroline y a mí con voz serena.

—Id a vuestra habitación —dijo—. Es vieja. Tenéis que comprenderlo.

Sabíamos que era menester obedecer, y por una vez,

147

estaba muy dispuesta. Era Caroline la que se hacía la remolona, pero la tomé del brazo y fui hacia la escalera. No podía evitar lo que mis padres oyeran, pero no quería que lo oyera Caroline. Ella sabía que era yo, y no la abuela, quien estaba loca.

Tan pronto como cerró la puerta, Caroline estalló en carcajadas.

—¡Fíjate! —meneó la cabeza—. ¿Qué crees que está pasando por su cabeza?

—Es una vieja —dije con ferocidad—. No es responsable.

—Tan vieja no es. Es más joven que el capitán, y él no tiene nada de chiflado. —Ni siquiera levantó la vista para ver mi reacción—. Bueno —continuó con voz parlanchina—, al menos ya sabemos que no puede quedarse con nosotros. No me imagino lo que ella sería capaz de hacer si le invitásemos a volver a casa.

Levantó las piernas y, cruzándolas, se sentó en su cama frente a la mía. Yo estaba tumbada boca abajo con las manos sobre la cabeza. Metí la cara debajo de la almohada para no traicionarme más de lo que ya lo había hecho.

—No entiendo por qué no puede seguir viviendo en la casa de la tía Braxton —dijo.

—Porque no están casados —razoné. Si no tenía más cuidado, la voz me descubriría. Carraspeé y añadí con el tono más sereno que pude—: Las personas que no están casadas no viven juntas.

Se rió.

—No es que vayan a hacer esas cosas. Dios, ya son demasiado viejos para eso.

Sentí tal calor en el cuerpo ante la insinuación de que el capitán pudiera hacer «esas cosas» que casi me quedé sin aliento.

—¿Qué te parece? —obviamente, quería que yo diera mi opinión.

—Eso no importa —masculló—. Son las apariencias. La gente ve con malos ojos que dos personas que no están casadas vivan juntas en la misma casa.

—Bueno, si la gente ve las cosas de esa forma, que se casen.

—¿Qué?

Apoyé las piernas en el suelo y me incorporé de un salto.

—Claro —dijo con la misma tranquilidad que emplearía para explicar un ejercicio de matemáticas—. ¿Qué más da? Que se casen, y así todo el mundo se callará.

—¿Y si no quiere casarse con una vieja chiflada?

—No tiene que hacer cosas, tonta. Simplemente, estarían cas...

—¿Quieres dejar de hablar de «hacer cosas»? Qué mente más asquerosa la tuya. Sólo piensas en «hacer cosas.»

—Wheeze, hablaba de no hacer cosas. Sería un matrimonio de conveniencia.

—Eso no es lo mismo.

Había leído más que ella y sabía las diferencias.

—Bueno, un matrimonio tan sólo de nombre —me sonrió—. ¿Así te gusta más?

—No. Es terrible. Es peculiar. Y no se te ocurra proponérselo. Va a pensar que también somos peculiares.

—Qué va. Nos conoce mejor que eso.

—Si se lo mencionas a él, te mataré.

No me hizo caso.

—No lo harás. Honestamente, Wheeze, ¿qué bicho te ha picado?

—Ninguno. Es sólo que puede querer casarse con alguien diferente. ¿No te parece terrible si le obligamos a casarse con la tía Braxton y luego, más tarde, demasiado tarde, se encuentra que quiere a otra?

—¿Qué clase de novelas rosa estás leyendo, Wheeze? En primer lugar, si no contamos a la abuela, que está como un cencerro, a la viuda de Johnson, que sigue venerando la imagen del santo de su capitán, y a la abuela de Call, que está demasiado gorda, ¿quién queda? En segundo lugar, no podemos obligarle a nada. Es un hombre mayor.

—Pues sigo pensando que es asqueroso sugerirlo.

Se puso de pie, decidida a pasar por alto mi comentario. Se detuvo en la puerta para escuchar lo que pudiera estar ocurriendo abajo y, aparentemente satisfecha de que todo estuviera en silencio, se volvió hacia mí.

—Ven —dijo—. Si quieres.

Me levanté de la cama como una flecha.

—¿Adónde piensas ir?

—Voy a por Call.

—¿Por qué?

Sabía por qué.

—Los tres vamos a hacer una visita al capitán.

—Por favor, déjalo, Caroline. Nada de eso nos concierne. Casi no le conoces.

Intentaba tranquilizar mi voz con el resultado de que todos los llantos que reprimía se me atascaban en la garganta.

—Le conozco, Wheeze. Y me importa mucho lo que le ocurre.

—¿Por qué? ¿Por qué siempre intentas apoderarte de las vidas ajenas?

Creí que iba a atragantarme con las palabras. Me echó esa mirada que quería decir que una vez más yo había perdido todo sentido de la proporción. Todo lo que dijo fue: «Oh, Wheeze».

Dependía de Call hacerla desistir. Lo haría, estaba segura, él y su riguroso sentido de las convenciones sociales. Pero después de haberle explicado en qué consistía un matrimonio «sólo de nombre», se ruborizó y después dijo:

—¿Por qué no?

¿Por qué no? Los seguí a la casa de la tía Braxton como un cachorro con las orejas gachas. ¿Por qué no? Porque, quería decir, las personas no son animales. Porque no nos concierne. Porque, oh bendito sea, yo le quería y no soportaba pensar que le podría perder por una vieja loca, aunque fuera un matrimonio sólo de nombre.

El capitán estaba haciendo té y cociendo patatas para la cena. Se le veía extraordinariamente alegre, considerando que estaba a punto de verse por segunda vez en poco tiempo en la calle. Se ofreció a compartir su cena, pero como casi no había para una persona, rechazamos su oferta muy atentamente e insistimos en que se pusiera a comer; al menos, Caroline y Call insistieron.

Yo estaba sentada sin decir esta boca es mía en el otro extremo de la sala, pero cuando Caroline y Call se sentaron con él a la mesa de la cocina, crucé de mala gana la habitación y me dejé caer en una silla libre. Aunque tenía pocas ganas de tomar parte en la próxima escena, tampoco quería verme excluida.

Caroline esperó mientras él añadía grandes cantidades de sal y pimienta a las patatas, luego apoyó los codos en la mesa arrimándose un poco más y, por consiguiente, a él.

—Hemos oído que la tía Braxton volverá dentro de un par de días.

—Eso es —dijo él, tomando un gran bocado de patatas.

—Estamos preocupados por el problema de dónde va a vivir usted.

Levantó la mano para que dejara de hablar y la mantuvo así hasta que hubo masticado y tragado el bocado.

—Sé lo que vas a decir y os lo agradezco, pero es imposible.

«¿Ves? ¿Ves?» Yo sonreí por dentro y por fuera. Caroline no.

—¿Cómo sabe lo que voy a decir?

—Vas a decirme que vuelva a vuestra casa. Os lo agradezco, pero sabéis que no puedo ir con vosotros otra vez.

Caroline se rió.

—Oh, tengo una idea mucho mejor.

Todas mis sonrisas se marchitaron.

—¿De veras, señorita Caroline?

Atacó otro trozo de patata con el tenedor.

—Desde luego.

Se inclinó hacia él con una sonrisa de mujer que está pensando en algo más que en puras cortesías.

—Propongo que se case con la señorita Trudy Braxton.

—¿Casarme?

Dejó caer el tenedor y la miró con los ojos como platos.

—¿Propones que nos casemos Trudy y yo?

—No se preocupe —se arrancó Call seriamente—. No tendrá que hacer...

En aquel momento mi talón desnudo le asestó un fuerte golpe en sus pies desnudos. Dejó de hablar y me echó una mirada de dolida sorpresa. Caroline no hizo caso a ninguno de los dos.

—Piénselo —dijo con su tono más sofisticado de voz—. Necesita que alguien cuide de ella y de su casa, y usted necesita una casa para vivir. Sólo sería un matrimonio de conveniencia.

Me di cuenta de que no había dicho «sólo de nombre». Al menos le quedaba algo de delicadeza.

—Que el diablo me lleve —dijo por lo bajo, fijándose en nuestras caras una por una. Hice como si estuviera mirándome una cutícula rasgada—. ¿No hay nada sagrado para vosotros? ¡Quién lo hubiera pensado!

—Una vez que se acostumbre a la idea, verá que es muy razonable —dijo Caroline—. No es —añadió inmediatamente— que no tenga adónde ir. Puede vivir con mucha gente. Pero no hay nadie que le necesite. Nadie como la tía Braxton.

Se volvió hacia Call y hacia mí, buscando algún tipo de apoyo.

Por entonces me estaba mordiendo mi ofendida cutícula, pero de soslayo vi cómo Call movía la cabeza vigorosamente, tomando fuerzas para hacer una gran declaración afirmativa.

—Será muy razonable —machacó el tema Caroline—. Será muy razonable, una vez que se haya acostumbrado a la idea.

—¿De veras? ¿De veras? —El capitán sacudía la cabeza y sonreía—. Te pareces a mi pobre madre. —Luego tomó el tenedor y, colocándolo de lado, empezó a raspar la pimienta que había en una de las patatas—. La gente —dijo por fin, ya sin rastro de sonrisa—, la gente diría que lo haría por el dinero.

—¿Qué dinero? —preguntó Caroline.

—No hay nadie salvo usted que sepa lo del dinero —dijo Call—. Yo y Wheeze somos los únicos a quienes se lo ha contado. Y ahora, a Caroline.

—No aceptaría un céntimo de su dinero, ¿sabéis?

—Por supuesto que no lo haría —dijo Caroline.

¿Qué sabía ella?

—No creo que quede nada —dije quisquillosamente—. Hicimos una buena limpieza y no encontramos nada.

Me sonrió con agradecimiento, como si le hubiera ayudado.

—Bueno —dijo con una sonrisa—. Es una idea descabellada.

Había algo en la manera de decirlo que me produjo un escalofrío que me recorrió todo el cuerpo.

—Lo pensará —afirmó Caroline en lugar de preguntar.

Él se encogió de hombros.

—Desde luego. A nadie le hace daño pensar en disparates.

Al día siguiente cogió el ferry a Crisfield. Ni siquiera nos dijo que se iba. Fue el capitán Billy quien nos lo comunicó. Y no volvió esa noche ni a la siguiente. Lo supimos porque esperamos el ferry cada tarde. El tercer día apareció, saludándonos desde la cubierta. Mi corazón dio un vuelco al verle, y mi cuerpo volvió a sentirse como si estuviera apretado contra el áspero material de la ropa, sintiendo los latidos de su corazón hasta en mi espalda. Call y Caroline devolvieron el saludo con la mano, pero yo permanecí allí, temblando, con los brazos cruzados y las manos unidas apretando mis senos.

El barco estaba ya amarrado, y él nos llamaba por nuestros nombres. Quería que Caroline y yo viéramos algo en la bodega y que Call subiera a bordo para echarle una mano.

Caroline, como siempre, fue más rápida que yo.

—¡Ven a mirar! —me gritó.

Cuando llegué adonde los hijos del capitán Billy estaban descargando, vi la silla. Era enorme, de un pardo oscuro con asiento y respaldo de mimbre y grandes ruedas de metal con gomas negras. Fueron necesarias las fuerzas unidas de Edgar y Richard para subirla al muelle. Caroline sonreía de oreja a oreja.

155

—Te apuesto a que lo ha hecho.

Fuera lo que fuera lo que había en mi sonrisa la hizo rectificar.

—Lo que quiero decir —siguió con un suspiro de impaciencia—, simplemente, lo que quiero decir es que apuesto a que se ha casado con ella.

No tenía ningún lugar adonde huir y, aunque lo hubiera tenido, ya era demasiado tarde. Estaban saliendo del camarote. Poco a poco, por la escalera, asomó la cabeza de Call con su cuello inclinado. Luego, por fin, subieron los tres, el capitán y Call llevando en brazos a la tía Braxton sentada en una hamaca, abrazada a cada uno por el hombro. Cuando los tres hubieron dado la vuelta al subir la escalera, vi que llevaba prendido en el hombro un enorme ramillete de crisantemos.

—Es cierto que se han casado —dijo suavemente Caroline, pero fue como si explotara metralla dentro de mi estómago.

Ella se lanzó hacia la silla de ruedas y la empujó hasta el fin de la pasarela de desembarco con tanto orgullo como si fuera desplegando una alfombra roja para la familia real. Call y el capitán sentaron con mucho cuidado a la vieja en la silla.

Cuando se enderezó, el capitán me vio esquiva y me llamó.

—Sara Louise —dijo—. Ven aquí. Quiero que estreches la mano de la señora Wallace.

La anciana levantó los ojos al oírle decir esto con tanta reverencia como un pecador arrepentido que se confesara en voz alta en la iglesia. Cuando me acerqué, me tendió la mano. Estrechar su mano era como asir un puñado de palitos, pero sus ojos eran claros y tranquilos. Creo que dijo: «¿Cómo estás, Sara Louise?». Pero las palabras fueron difíciles de descifrar.

—Bienvenida, señorita Trudy —masculié. No era capaz de dirigirme a ella usando el apellido de él.

XIV

Imagino que si hubiera podido hacerme con alcohol aquel noviembre me hubiera convertido en una borracha. Pero, tal como estaban las cosas, sólo podía perder mi miserable vida con los libros. No teníamos muchos. Ahora lo sé. He estado en bibliotecas del continente y sé que en mi casa y en la escuela había pocos. Pero yo tenía todos los libros de Shakespeare y Walter Scott y Dickens y Fenimore Cooper. Todas las noches cerraba las cortinas negras contra los ataques aéreos y me ponía a leer sin parar, arrimada a la lámpara de nuestro dormitorio. ¿Pueden imaginar el efecto que tuvo para una chica como yo *El último mohicano*? No era a la abnegada Cora, sino a Uncas, y sólo a Uncas, a quien adoraba. Uncas, de pie, dispuesto a morir delante del Delaware, cuando un guerrero enemigo le arranca su blusa de caza y descubre la tortuga de azul oscuro tatuada en el pecho.

Ojalá tuviera una tortuga de azul oscuro —algo que

proclamara mi singularidad ante el mundo—. Pero yo no era la última mohicana ni la única de ningún género. Yo era la hermana gemela de Caroline Bradshaw.

No puedo explicármelo, porque al ver cómo el temporal había afectado la situación económica de la familia, nunca dije a nadie que tenía casi cincuenta dólares escondidos. Una de las primeras cosas que se suprimieron fueron las clases de canto y piano de Caroline en el continente. Pese a lo generoso de su beca, el transporte resultaba demasiado costoso para nuestras estrecheces. Supongo que dice mucho en favor de Caroline que no mostrara resentimiento por tener que prescindir de ellas. Continuó practicando regularmente con la esperanza de que la primavera significaría la culminación de una excelente temporada de recolección de ostras y que eso nos proporcionaría el dinero necesario para reanudar sus viajes a Salisbury. Puedo decir en mi descargo, ya que necesitaba mantener como fuera mi autoestima en aquellos días, que nunca me alegré de los infortunios de Caroline. Yo no odiaba la música. En realidad, estaba orgullosa de mi hermana. Pero aunque se me ocurrió ofrecer el dinero que había ahorrado para ayudarla a continuar sus lecciones, nunca tuve el valor de reconocer que lo había estado guardando. Además, tampoco era tanto dinero, y era mío, lo había ganado yo con mi esfuerzo.

Fui una vez a visitar al capitán después de que se hubiera casado. Nos invitó a los tres —Caroline, Call y yo— a cenar. Creo que quería celebrarlo. Al menos sacó una pequeña botella de vino y nos ofreció un poco. Call y yo nos quedamos escandalizados y lo rechazamos.

Caroline tomó un sorbito, riéndose mucho de lo que podía pasar si alguien averiguaba que había traído de contrabando una botella de alcohol a nuestra isla, donde estaba totalmente prohibido. Yo estaba molesta. La ausencia de alcohol en Rass (nunca consideramos la botella de jerez de mamá como verdadero alcohol) era un principio de ley religiosa, no civil. Ni siquiera había un policía en Rass, y no digamos una cárcel. Si la gente hubiera descubierto el vino del capitán, simplemente le hubiera condenado como un ateo y rezado por él los miércoles por la noche. Precisamente eso hacían desde que llegó.

—Compraba esta clase de vino en París —explicó el capitán—. Es difícil conseguirlo desde que empezó la guerra.

Daba por sentado que hablaba de la guerra actual. Pensándolo de nuevo, supongo que hablaba de la primera guerra mundial. Era difícil para mí pensar en los años que tenía.

Con la tía Braxton no había problema. Se sentaba en el lugar principal, en su silla de ruedas hecha de madera y mimbre, con una sonrisa torcida, casi simple. Su pelo era tan blanco y tan ralo que se podía ver la luminosa piel rosada de su cráneo. Creo que el extraño ángulo que formaba su sonrisa era el resultado del ataque que precipitó su caída y la consiguiente rotura de cadera. Intentó sostener la copa en la pequeña garra que era su mano, pero el capitán se puso a su lado para sujetarla mientras bebía. Después de tomar un sorbito, un hilito de líquido corrió por su barbilla. No daba la impresión de que le molestara: seguía con sus

160

ojos claros e inocentes clavados reverencialmente en el rostro de él.

Él lo limpiaba, dándole golpecitos con una servilleta en la barbilla.

—Querida —decía—. ¿Te he contado la vez que tuve que atravesar toda la ciudad de París conduciendo un coche?

Para las personas como yo que habían pasado toda su vida en Rass, un coche resultaba casi más exótico que París. Me irritó que al capitán nunca se le hubiera ocurrido, o nunca hubiera querido, contar esa aventura ni a Call ni a mí. Porque por la manera con que lo contó, resultó ser una aventura.

Después de acomodarse en su sillón, explicó que había conducido un coche sólo una vez en su vida y por un camino rural en Norteamérica, cuando su compañero, un marinero francés, propuso que comprasen un coche que alguien estaba intentando vender en el puerto de Le Havre y llevarlo a París. El francés creía que sería una manera estupenda de ligar con chicas, y el capitán, con sus bolsillos llenos de francos y un permiso de una semana para gastarlos, vio en el coche un medio de independencia y diversión. No se enteró hasta después de haberlo comprado que su compañero jamás había conducido un coche.

—Pero no importa. —El capitán se puso a imitar al francés—. Es fácil.

Le costó, pero el capitán persuadió a su amigo para que le dejara conducir y entonces comenzó el espeluznante viaje de Le Havre a París, que culminó en un recorrido a través de la ciudad a la hora punta de la tarde.

—Y luego llegué a ese cruce. Venían hacia mí carros y coches y camiones, me parecía que desde ocho direcciones. Si me quedaba donde estaba, me iban a aplastar, pero al mismo tiempo era suicida seguir adelante.

—¿Y qué hizo? —preguntó Caroline.

—Bueno, puse la primera con una mano, toqué el claxon con la otra, pisé el acelerador con los dos pies, cerré los ojos y pasé el cruce zumbando.

—No me diga —gritó Call—. ¿Y no se mató?

Un ruido peculiar, muy parecido al cacareo de una gallina, venía del otro extremo de la mesa. Nos volvimos hacia allí. La tía Braxton se estaba riendo. Todos se echaron a reír, hasta Call, que sabía que era a expensas suya. Todos se rieron, menos yo.

—¿No lo entiendes, Wheeze? —preguntó Call—. Si se hubiera muerto...

—Por supuesto que lo entiendo, estúpido. Lo que pasa es que no me parece gracioso.

Caroline se volvió hacia la tía Braxton y le dijo:

—No le haga caso.

Lanzó una hermosa sonrisa a Call.

—Para Wheeze no hay nada que sea gracioso.

—No es cierto. ¡Eres una mentirosa! ¡Siempre mintiendo, mintiendo, mintiendo!

Me miró con una expresión compungida.

—Wheeze —empezó.

—¡No me llames Wheeze! Soy una persona, no el síntoma de una enfermedad.*

Hubiera sido más impresionante si mi voz no se

* *Wheeze también es el nombre del resuello de la tos asmática. (N. del t.)*

162

hubiera quebrado en medio de la palabra «enfermedad».

Caroline se echó a reír. Se comportó como si pensara que había querido ser graciosa adrede. Al reírse ella, Call se echó a reír también. Se miraron y empezaron a reír a carcajadas, como si hubieran oído algo de lo más ingenioso. Apoyé la frente en mi brazo doblado y tomé fuerzas pensando en el cacareo de la tía Braxton y en la risa, que recordaba a una exuberante tuba, del capitán, que se oirían ahora. Pero no se oyó nada. En su lugar, sentí una mano rugosa sobre mi hombro y un rostro que se acercaba a mi oído.

—Sara Louise —me dijo cariñosamente—. ¿Qué te pasa, querida?

Que Dios le bendiga. ¿No se daba cuenta de que podía soportarlo todo menos su cariño? Eché la silla hacia atrás, casi haciéndole caer a él también, y huí de aquella espantosa casa.

No volví a ver más a la tía Braxton hasta que la amortajaron para el funeral. Caroline me contaba regularmente lo felices que vivían tanto ella como el capitán. Ella y Call los visitaban casi todos los días. El capitán siempre le pedía a Caroline que cantara para ellos, porque «a Trudy le gusta tanto la música». Parecía saber mucho más sobre aquella anciana de lo que sabían los que llevaban toda la vida viviendo en la isla.

«Puede hablar —me contaba Caroline—. A veces no se la entiende, pero él comprende siempre lo que dice. Y cuando canto, escucha, pero escucha de verdad. El capitán tiene razón. Le encanta. Nunca he conocido a nadie que le guste tanto la música, ni siquiera mamá.» Cuando ella hablaba de cosas así, me quedaba aún más absorta en mis lecturas y hacía como que no la escuchaba.

En el aniversario de Pearl Harbor, la tía Braxton sufrió un colapso definitivo y la llevaron al hospital en plena noche, en el ferry. Murió antes de Navidad. Los funerales se celebraron en la iglesia. Fue irónico. La gente ni siquiera recordaba cuándo fue la última vez que ella o el capitán habían pisado una iglesia, pero nuestro predicador en esa época era joven y bien dispuesto, así que preparó lo que llamaron «una bonita ceremonia». El capitán quiso que nuestra familia estuviera con él en el banco delantero y lo hicimos, todos, hasta la abuela, de quien tengo que decir que se portó muy bien. El capitán se sentó entre Caroline y yo. Cuando los feligreses recitaron el salmo vigesimotercero: «Aunque haya de pasar por un valle tenebroso, no temo mal alguno, porque tú estás conmigo...», Caroline estiró la mano para tomar la del capitán, como si fuera un niño necesitado de consejo y protección. Él levantó su mano libre para limpiarse las lágrimas. Y yo, sentada más cerca de él de lo que nunca había estado en los últimos meses, me estremecí al darme cuenta de lo viejo que se le veía y sentí cómo las lágrimas brotaban de mis ojos.

Después, mi madre le dijo al capitán que volviera a casa con nosotros para cenar, pero cuando rehusó nadie intentó persuadirle de que cambiara de parecer. Caroline y yo le acompañamos hasta la puerta de la que ya era su casa. Nadie dijo nada por el camino, y cuando se despidió haciendo un movimiento con la cabeza nosotras hicimos lo mismo en respuesta y nos fuimos a casa. Visto lo que después ocurrió, menos mal que no le dio por

venir con nosotros. La abuela montó el peor espectáculo que había hecho nunca.

—Sabéis de sobra que la mató, ¿no?

La miramos atónitos. Incluso en boca de la abuela,
eso era demasiado.

—Lo que quería era la casa. Ya sabía yo que tan
pronto se metiera ahí iba a ocurrir lo que ha ocurrido.

—Madre... —dijo mi padre, mirándola con severi-
dad—. No, madre.

—Supongo que os interesará saber cómo lo hizo.

—Madre...

—La envenenó. Así fue como lo hizo. —Paseó la mirada por toda la mesa triunfalmente—. Veneno mata-
rratas.

Tomó un bocado de comida y lo masticó haciendo
mucho ruido. Los demás habíamos dejado de comer.

—Louise lo sabe —dijo con una voz que pretendía
ser discreta. Me echó una sonrisa—. Pero no pensabas
contarlo, ¿no es verdad? Y sé por qué. —De repente
rompió a cantar una tonada burlona: «Nah nah nah nah
nah nah nah».

—¡Cállate! —Fue Caroline la que tuvo fuerzas para
gritarle. Yo no podía hacerlo.

—¡Caroline! —la reprendieron nuestros padres.

La cara de Caroline se había puesto roja de ira, pero
apretó los labios. La abuela siguió tan fresca.

—¿No os habéis dado cuenta de cómo le mira ella?

—Madre.

—Creíais que soy una vieja tonta. Pero lo sé. Sí, señor.

Me miró fijamente a los ojos, y yo sentía tanto miedo que no me atreví a desviar la mirada.

—Tal vez tú misma le ayudaste, Louise. ¿Lo hiciste, Louise? ¿Le ayudaste?

Sus ojos relucían malignamente.

—Niñas —dijo mi padre con voz apagada—. Id a vuestra habitación.

Esta vez las dos obedecimos inmediatamente. Ni siquiera en la seguridad de detrás de la puerta nos sentimos capaces de hablar. Ya no valían chistes ni disculpas para justificar a aquella vieja estúpida y gruñona que conocíamos desde que nacimos. El susto había sido tan enorme que me di cuenta de que mis insignificantes temores a ser descubierta se estaban volviendo un terror tenebroso, mucho mayor, que parecía no tener límites.

«¿Quién sabe? —preguntaba la voz de La Sombra—. ¿Quién sabe la maldad que ocultan los corazones de los hombres?» Pues ya lo sabíamos.

Más tarde, cuando estábamos cambiándonos para meternos en la cama, Caroline dijo:

—Tengo que largarme de aquí antes de que ella me vuelva loca.

«¿Tú? —pensé sin abrir la boca—. ¿Tú? ¿Qué daño puede hacerte a ti? Tú no tienes por qué ser salvada del mal. ¿No lo entiendes? Soy yo la que va a ser tragada por las tinieblas eternas.» Pero no se lo dije. No estaba enfadada con ella, sólo me sentía mortalmente cansada.

Al día siguiente traté de convencerme de que la siniestra escena de la noche anterior había sido imaginación mía. ¿No había intentado yo una vez convencer a Call de que el capitán era un nazi, un espía desembarcado por un submarino alemán? ¿Por qué, entonces, me había trastornado tanto la acusación de la abuela? Volví a evocar el resplandor de sus ojos y supe que no se trataba de lo mismo. La abuela, sin embargo, parecía haberlo olvidado todo.

Volvió a ser la estúpida y regañona de siempre, y fue un alivio fingir que nosotras también lo habíamos olvidado.

En febrero, Call abandonó la escuela. Su madre y su abuela estaban en la miseria, y mi padre le ofreció trabajo en el *Portia Sue* para buscar ostras. Mi padre arrancaba las ostras con unas largas tenazas de abeto que parecían tijeras con unos rastrillos de metal en la punta de cada asta. Abría las tenazas para dejar caer las ostras sobre una tabla donde se seleccionaban y limpiaban. Call, con las manos cubiertas por fuertes guantes de goma, las limpiaba, utilizando un martillo especial. Con el martillo quitaba el exceso de costra, y con la cuchilla que había en el otro extremo del martillo raspaba las ostras pequeñas. Los sobrantes los arrojaban a la bahía, y las ostras buenas las guardaban en la proa hasta que las vendían a un barco que las llevaba al mercado. Desde el lunes mucho antes del amanecer hasta el sábado por la noche permanecían embarcados, durmiendo toda la semana en las estrechas literas de la diminuta cabina del *Portia Sue*, porque los mejores viveros se encontraban arriba, en los ríos de la costa oriental, demasiado lejos para hacer el viaje a diario, ya que el racionamiento de gasolina era de lo más estricto.

Por supuesto que estaba celosa de Call, pero me sorprendió cuánto le echaba de menos. Durante toda mi vida, mi padre había trabajado en el mar, así que no me parecía extraño que no estuviera en casa, pero Call nun-

167

ca había estado lejos, siempre lo tenía conmigo o muy cerca. Ahora nuestros encuentros se limitaban a cuando íbamos a la iglesia.

Caroline le hacía arrumacos todos los domingos: «Oh, Call, cómo te echamos de menos». ¿Y ella qué sabía? Además, no me parecía de lo más apropiado decir una cosa así, tan claramente.

Cada semana parecía más alto y más delgado, y sus manos iban adquiriendo ese aspecto de corteza parduzca, rugosa, de los pescadores. Hasta su forma de ser había cambiado. La solemnidad, que le había dado siempre, cuando era pequeño, un aire algo cómico, parecía trocarse en una especie de dignidad juvenil. Se podía intuir su orgullo de ser por fin un hombre, el único sostén de dos mujeres que dependían de él. Me di cuenta de que desde el verano cada vez teníamos menos intereses en común, pero le eché la culpa de ello a Caroline. Ahora resultaba más doloroso, porque las mismas cosas que le hacían más fuerte y atractivo le sumergían más en el mundo de los hombres: un lugar al que yo no podía acceder.

Más tarde, durante aquel invierno, comencé a visitar de nuevo al capitán. Siempre iba con Caroline. No hubiera sido correcto que una de las dos fuera sola. Nos enseñó a jugar al póquer, le costó convencerme, pero una vez que empecé me hizo sentirme deliciosamente malvada. Probablemente era la única persona en todo Rass que tenía una baraja. Aquéllos eran los buenos tiempos en que los metodistas sólo jugaban al Rook y a la Vieja Solterona. Jugábamos al póquer con palillos, como si apostáramos monedas de oro. Al menos yo jugaba así. Nada me daba un placer mayor que dejar sin blanca a mi hermana. Sin duda se me notaba, porque una vez me dijo en tono muy molesto: «¡Caramba, Wheeze!, sólo estamos jugando», en tanto yo, con un placer maligno, arrastraba con la mano hacia mí sus pilas de palillos.

Un día, después de una serie de triunfos especialmente agradables, el capitán se volvió hacia Caroline y dijo:

—Echo de menos tus canciones ahora que Trudy ya no está aquí. Aquéllos eran tiempos felices.

Caroline sonrió.

—A mí también me gustaban.

—¿No has dejado las prácticas, supongo?

—Bueno —dijo—. No sé. Creo que hago las suficientes.

—Lo estás haciendo bien.

Yo estaba impaciente para reemprender el juego. Ella meneó la cabeza.

—Es cierto que echo de menos las lecciones —dijo—. Ahora me doy cuenta de lo que significaban para mí.

—Es una lástima —dije adoptando el tono de una persona mayor cuando quiere que un niño se calle—. Los tiempos son difíciles.

—Sí —dijo el capitán—. Imagino que para las lecciones hace falta mucho dinero.

—No se trata únicamente de dinero —dije, intentando olvidarme de mi pequeño tesoro de billetes y monedas—. Es la gasolina y todo eso. Después de llegar a Crisfield te vuelves loca buscando un taxi. Ahora, si el condado nos mandase a un internado como hacen con los chicos de la isla de Smith...

—Oh, Wheeze, eso no vale para nada. ¿Qué enseñan en esa escuela? Los dejamos de una pieza en el concurso del año pasado.

—Bueno, pues deberíamos solicitar una escuela especial alegando circunstancias especiales.

—No pagarán jamás una escuela para nosotras, y mucho menos una escuela realmente buena —dijo Caroline con tristeza.

—Pues deberían hacerlo. —Quise echar la culpa al condado y repartir los naipes—. ¿No opina lo mismo, capitán?

—Sí, alguien debe financiarlo.

—Pero ellos no lo harán —dije—. Si hay algo más estúpido que un pez globo, es el consejo educativo de un condado.

Se rieron y, por suerte para mí, dejaron de hablar del tema. Era una lástima lo de las clases de Caroline, pero había podido aprovechar un par de años buenos en Salisbury. Además, la culpa no era mía. Yo no había empezado la guerra ni provocado el temporal.

El capitán no venía a casa. Le invitaban como cosa rutinaria todos los domingos, pero parecía saber que no debía venir, y siempre esgrimía algún pretexto para no hacerlo. Así que me sorprendió cuando una tarde, una o dos semanas después, le vi subiendo a buen paso el sendero del jardín hasta el porche, su rostro enrojecido por algo que parecía más bien el entusiasmo que los efectos de la prisa. Abrí la puerta antes de que hubiera pisado el porche.

—Sara Louise —dijo, blandiendo una carta en la mano mientras se aproximaba—. ¡Una noticia maravillosa! —Se detuvo ante la puerta—. Supongo que tu padre no está.

Dije que no con la cabeza. Era aún miércoles.

—Bueno, dile a tu madre que venga, no puedo esperar.

Rebosaba satisfacción.

La abuela estaba sentada en la mecedora, leyendo o fingiendo leer su gran Biblia encuadernada en piel. Él la saludó.

—Señorita Louise —dijo. Ella no levantó la vista.

Mamá y Caroline salieron de la cocina.

—Qué sorpresa, capitán Wallace —dijo mi madre, limpiándose las manos en el delantal—. Siéntese. Louise, Caroline, ¿queréis preparar un poco de té para el capitán?

—No, no —rechazó él—. Siéntense ustedes. Tengo una noticia maravillosa. No puedo esperar.

Nos sentamos.

Puso la carta en su regazo y alisó un pliegue con la punta de un dedo.

—Hay tan pocas oportunidades para los jóvenes en esta isla —comenzó—. Estoy seguro, señora Susan, que una mujer de sus orígenes y su formación debe de sufrir pensando en lo poco que se le ofrece a sus hijas.

¿Adónde quería llegar? Sentí que mi sangre bullía débilmente de emoción.

—Saben muy bien cuánto les estimo a ustedes y cuánto les debemos Trudy y yo a todos. Y ahora... —Casi no podía contenerse. Me sonrió—. Tengo que agradecerle a Sara Louise la idea. Entiéndalo, Trudy me dejó una pequeña herencia. No sabía qué hacer con ella, por-

171

que me había jurado no tocar nunca su dinero. No es que haya mucho, pero sí lo suficiente para un buen internado —rebosaba satisfacción—. He estado haciendo averiguaciones. Habrá bastante para que Caroline pueda ir a Baltimore y continuar con sus estudios de música. Nada haría más feliz a Trudy, lo sé.

Me quedé tan pasmada como si me hubieran arrojado una piedra a la cara. ¡Caroline!

Ésta se levantó de un salto y corrió hacia él para abrazarle.

—Espera, Caroline —dijo mi madre. Seguramente iba a indicar que tenía dos hijas—. Capitán, es muy generoso por su parte, pero no puedo... tendré que hablarlo con mi marido. No podría...

—Tendremos que convencerle, señora Susan. Sara Louise, cuéntales lo que me decías el otro día de que alguien debería comprender que las circunstancias especiales exigen soluciones especiales. ¿No es cierto, Sara Louise?

Me salió de la garganta un ruido extraño que debía parecerse a un «sí». El capitán lo dio por bueno. Mi abuela hizo girar su mecedora para mirarme. Desvié la vista tan rápidamente como pude. Estaba sonriendo.

—¿No es cierto, Sara Louise? —preguntó con una voz que intentaba imitar a la del capitán—. ¿No es cierto?

Fui a la cocina con la excusa de que debía preparar el té. Podía oír al capitán hablar con Caroline y mi madre sobre la academia que conocía en Baltimore, donde impartían unos maravillosos cursos de música. Las palabras rugían en mis oídos como el viento de una tempestad. Puse la tetera a calentar y preparé las tazas y las

172

cucharas. Me costaba tener que levantar la tapa de la lata que guardaba las hojas de té; me di cuenta de que había entrado mi abuela y que estaba a mi espalda. Me puse tensa al oír su ronco susurro.

—Romanos, nueve, trece —dijo—. Según lo que está escrito: «Amé a Jacob y odié a Esaú...».

XV

Serví el té con una sonrisa ficticia.

—Gracias, Louise —dijo mi madre.

El capitán hizo un gesto con la cabeza al tomar su taza de la bandeja. Caroline, ensimismada en su felicidad, parecía no verme. Llevé la taza que le había preparado a la cocina, pasando al lado de mi abuela, que me sonreía con ironía desde la puerta. Después de dejar la bandeja, tuve que volver a pasar forzosamente a su lado antes de llegar a la protección de mi habitación.

—Amé a Jacob —comenzó a recitar, pero me apresuré a dejarla y subí la escalera.

Cerré la puerta a mi espalda. Luego, sin pensar, me quité el vestido, lo colgué y me puse el camisón. Me metí debajo de las mantas y cerré los ojos. Eran las tres y media de la tarde.

Supongo que mi idea fue no volver a levantarme jamás, pero, por supuesto, sí lo hice. A la hora de cenar mi madre entró para preguntarme si estaba enferma, y como no reaccioné a tiempo para inventar alguna enfermedad, me levanté y bajé para cenar. Nadie habló mucho en la mesa. Caroline estaba positivamente radiante, mi madre callada y pensativa y mi abuela con su sonrisa irónica y mirándome a la cara de soslayo. A la hora de acostarnos, Caroline se acordó de que tenía una hermana.

—Por favor, Wheeze, no estés molesta, significa tanto para mí...

Sólo meneé la cabeza; no me atreví a contestarle. ¿Qué iba a importarle si yo estaba molesta? ¿Cómo iba a cambiar las cosas? El capitán, a quien yo siempre había creído diferente, la había elegido, como todos los demás, en vez de a mí. Desde el día en que nacimos, gemelas como Jacob y Esaú, el más joven había dominado al mayor. ¿Alguna vez dijo alguien Esaú y Jacob?

«Amé a Jacob...» De repente mi estómago dio un vuelco. ¿Quién hablaba? No me acordaba del pasaje. ¿Hablaba Isaac, el padre de los gemelos? No, ni siquiera la Biblia dice que Isaac había favorecido a Esaú. Rebeca, la madre, tal vez. Gracias a sus confabulaciones, Jacob pudo robar la bendición de su hermano. Desde que era pequeña había odiado a Rebeca, pero de una forma u otra sabía que aquéllas no eran sus palabras.

Me levanté, cerré las cortinas negras y encendí la lámpara de la mesita de noche entre nuestras camas.

—¿Wheeze? —Caroline se apoyó en un codo y me miró parpadeando.

—Sólo tengo que comprobar una cosa.

Saqué la Biblia de nuestra estantería de tablas y, acercándola a la luz, busqué el pasaje que la abuela había citado. Romanos, capítulo nueve, versículo trece. El que hablaba era Dios.

Todo mi cuerpo temblaba al cerrar el libro y volver a meterme debajo de las mantas. No valía la pena, por lo tanto, luchar, ni siquiera intentarlo. Era Dios mismo quien me odiaba. Y sin causa. «Así que —proseguía el versículo dieciocho como si no bastara con lo anterior—, tiene misericordia de quien quiere y a quien quiere le endurece.» Dios había elegido odiarme. Y si mi corazón empezaba a endurecerse era gracias a Él.

Mi madre no me odiaba. En los dos días siguientes, una parte de mí la vigilaba vigilándome a mí misma. Quería hablarme, me di cuenta, pero mi corazón ya se me estaba endureciendo y la evitaba. Luego, el viernes, después de cenar, mientras Caroline practicaba, fue detrás de mí a la habitación.

—Quiero hablar contigo, Louise.

Gruñí groseramente. Ella retrocedió pero no me dijo nada.

—He estado dando muchas vueltas al asunto —dijo.

—¿A qué asunto? —decidí ser cruel.

—La oferta. La de que Caroline vaya a Baltimore a estudiar.

La miré fríamente, con la mano derecha tapándome la boca.

—Bueno... es... es una espléndida oportunidad para ella, sabes. Una oportunidad que nosotros, tu padre y yo... nunca pudimos pensar en... ¿Louise?

—¿Sí?

Me mordí con tanto ahínco una uña larga que se desgarró la piel y salió sangre.

—No te muerdas las uñas, por favor.

Saqué la mano de la boca. ¿Qué me estaba pidiendo? ¿Mi permiso? ¿Mi bendición?

—Estaba... estaba intentando ver la manera... nunca hemos podido pagar una escuela en Baltimore, pero tal vez en Crisfield... Podemos pedir un préstamo sobre nuestros beneficios del año que viene...

—¿Y por qué va a ir Caroline a Crisfield cuando tiene la oportunidad de ir a...

—No, Caroline no. Pensaba en la posibilidad de enviarte a ti...

Era cierto que me odiaba. Ahí estaba. Lo sabía. Quería deshacerse de mí.

—¡Crisfield! —grité con desdén—. ¡Crisfield! ¡Prefiero que me corten en pedazos y que me usen como cebo para los cangrejos!

—Oh —dijo ella. Era evidente que la había desconcertado—. Yo creía que te gustaría...

—Pues te has equivocado.

—Louise...

—Mamá, ¿quieres marcharte y dejarme en paz?

Si no lo hacía, lo entendería como una señal de que no sólo ella, sino también Dios, me quería. Si es que se quedaba en la habitación. Se puso de pie, vacilante.

—Por favor, vete.

—Está bien, Louise, si eso es lo que quieres.

Cerró la puerta silenciosamente detrás de sí.

Mi padre volvió como siempre el sábado. Él y mi madre pasaron casi toda la tarde del domingo en casa del capitán. No sé cómo se resolvió el asunto de manera que el orgulloso sentido de independencia de mi padre queda-

177

ra satisfecho, pero cuando volvieron estaba resuelto. Dos semanas más tarde estábamos en el muelle despidiéndonos de Caroline, que se iba a Baltimore. Nos besó a todos, incluyendo al capitán y a Call, que se puso rojo como un cangrejo cuando le tocó. Volvió para las vacaciones de verano unos cuantos días antes de que Call entrase en la Marina, y de nuevo dio a la isla otro gran espectáculo de besos y actuaciones escandalosas. Sólo verla te dabas cuenta de que tenía un gran futuro en la ópera.

Después de que Call se marchara, yo dejé de buscar cangrejos y me hice cargo de los flotadores de mi padre. Con la pértiga llevaba el esquife de un flotador a otro, sacando los cangrejos blandos y llevándolos al cobertizo, donde los metía en cajas llenas de zostera marina para prepararlos para su envío. Sabía casi tanto de cangrejos como los pescadores más experimentados. Con sólo una mirada a la pata nadadora del cangrejo, sabía casi hasta la hora en que el animalejo iba a mudar de cáscara. La penúltima sección es casi transparente, y si el cangrejo está para mudar en menos de un par de semanas, se ve la débil línea de una nueva cáscara creciendo debajo de la vieja. Se la llama «señal blanca». Poco a poco se va oscureciendo. Cuando un pescador atrapa un «señal roja», sabe que va a mudar en más o menos una semana, así que rompe muy despacio las pinzas grandes del cangrejo para que no mate a sus vecinos y lo lleva a casa para que termine de mudar la cáscara en los mismos flotadores. Un «señal roja» empieza a mudar dentro de unas horas y un «buster» ya ha empezado.

Mudar de cáscara es un asunto largo y doloroso para un cangrejo grande, pero para una hembra que se está convirtiendo en adulta, me parecía aún peor. Las contemplaba allí en el flotador, sabiendo que una vez que habían mudado por última vez y ya eran cangrejos mayores no les quedaba nada. Ni siquiera habían tenido un macho que les hiciera el amor. Pobres hembras. Nunca harían el viaje por la bahía para poner sus huevos antes de morir. El hecho de que tampoco hubiera futuro para los machos una vez que eran metidos en la zostera marina no me daba tanta pena. Los varones, creía, siempre tenían la oportunidad de vivir, por corta que fuese su vida, pero las hembras, ordinarias, sin dones especiales, sólo se ablandaban y morían.

Cerca de las siete volvía a casa para desayunar, y luego de vuelta al cobertizo y a los flotadores hasta la comida, a las cuatro y media. Después de comer, a veces uno de mis padres volvía conmigo, pero las más de las ocasiones iba sola. No me importaba mucho. Me sentía menos inútil siendo una chica de quince años que hacía lo que muchos consideraban el trabajo de un hombre. Cuando el curso empezó en otoño, yo, al igual que todos los chicos de Rass de más de doce años, estaba demasiado ocupada como para pensar en matricularme. Mis padres se opusieron, pero les prometí que una vez que la temporada de cangrejos hubiese terminado, volvería y me pondría al corriente en la clase. Secretamente, no estaba muy segura de si podría resistir ir a clase sin que estuviera Caroline o Call, pero, por supuesto, no hablé de esto a mis padres.

Hubo otro fuerte temporal aquel septiembre. No se

cobró vidas, en el sentido literal, pero puesto que cubrió otros dos metros o más de tierra firme de la punta meridional de la isla, cuatro familias con casas en situación peligrosa se fueron a vivir al continente. Les siguieron un mes más tarde otras dos familias que nunca se habían recuperado del todo del temporal del 42. En el continente había mucho trabajo en fábricas de guerra tanto para hombres como para mujeres, y pagaban lo que nosotros considerábamos salarios increíbles. Así que mientras el agua nos quitaba nuestra tierra, la guerra nos quitaba las almas. Pero nosotros tuvimos suerte. En la bahía aún se podía trabajar sin miedo, mientras que los pescadores de la costa atlántica eran perseguidos por submarinos. Mataron a algunos, pero nos mantuvieron a nosotros y al resto del país ignorantes de los cadáveres que aparecieron devueltos por el mar a unas cuantas millas al este de donde vivíamos nosotros.

Nuestros primeros muertos de guerra no llegaron hasta el otoño del 43, pero luego tres de los muchachos de la isla destinados al mismo buque fueron declarados perdidos cerca de una pequeña isla en el sur del Pacífico cuyo nombre era desconocido para todos.

Ya no rezaba. Incluso había dejado de asistir a la iglesia. Al principio creí que mis padres iban a llamarme la atención cuando una mañana de domingo simplemente no volví del cobertizo a tiempo para ir a la iglesia. Mi abuela montó en cólera contra mí a la hora de cenar, mas, para sorpresa mía, mi padre me defendió con toda tranquilidad. Ya tenía edad, dijo, para que decidiera por mí misma. Cuando la abuela se lanzó a recitar profecías diciendo que iría al infierno, él dijo que

Dios me juzgaría, pero no ellos. Lo hizo con bondad, porque ¿como podría saber que Dios me había juzgado antes de nacer y me había rechazado antes de dar mi primer suspiro? No echaba de menos ir a la iglesia, pero a veces deseaba poder rezar. Quise, por extraño que parezca, rezar por Call. Tenía mucho miedo de que pudiera morir en algún océano extraño a miles de millas de casa. Si rezaban mucho por mí en las reuniones de los miércoles por la noche, no me lo dijeron. Creo que la gente me tenía algo de miedo. Tenía que haber sido una visión muy extraña, siempre vestida con la ropa de trabajo de un hombre, con manos tan rugosas y curtidas como las paredes del cobertizo donde trabajaba.

Corría la última semana de noviembre cuando el primer soplo del noroeste de invierno envió a las hembras cargadas de huevos y a los machos a esconderse debajo del fango del Chesapeake. Mi padre se tomó unos días para ir a cazar patos, y luego volvió a meter la tabla para seleccionar ostras en el *Portia Sue* y fue a buscarlas. Una semana de clase aquel otoño había sido suficiente para mí, y una semana solo en los viveros de ostras fue suficiente para él. Ni siquiera hablamos del asunto. Simplemente, me levanté a las dos de la madrugada el domingo, me vestí con ropa de invierno y metí otra muda en un saco. Desayunamos juntos y mi madre nos sirvió. Nadie comentó que yo no era un hombre, posiblemente lo habían olvidado.

Supongo que si intentara clavar un alfiler en el evasivo lugar que dice «los días más felices de mi vida», aquel extraño invierno que pasé con mi padre en el *Por-*

tia Sue hubiera sido el más indicado. No era feliz de la forma en que lo son la mayoría de las personas, pero estaba, por primera vez en mi vida, profundamente satisfecha con lo que ésta me daba. Una parte de ello estribaba en los descubrimientos —¿quién se hubiera creído que mi padre cantaba mientras buscaba ostras con las tenazas?—. Mi silencioso y recatado padre, cuya voz casi no se oía en la iglesia, era digno de ver ahí, con su impermeable y las manos enguantadas de goma sujetando las tenazas, cantando a las ostras. Era un sonido maravilloso, profundo, puro. Se sabía de memoria el libro de himnos de los metodistas. «Ahora a los cangrejos no les gusta la música, pero sí a las ostras —explicó tímidamente—; no hay nada que les vaya mejor que una bonita melodía.» Daba serenatas a las ostras de la bahía de Chesapeake cantando himnos que los hermanos Wesley habían escrito para conducir a los pecadores al arrepentimiento y a las alabanzas. Una parte de mi profunda satisfacción se debía, estoy segura, a estar con mi padre, pero también otra parte al hecho de que ya no tenía que luchar. No estaba mi hermana, mi abuela no era más que una aparición fugaz de los domingos, y Dios, si no estaba muerto, al menos se encontraba muy alejado de mis preocupaciones.

El trabajo lo cambió todo para mí. Nunca había tenido un trabajo que me absorbiera tanto: mis pensamientos, mi energía, todo.

—Me gustaría —dijo mi padre una noche mientras tomábamos nuestra escasa cena en la cabina— que pudieras estudiar un poco por las noches. Ya sabes, para seguir tus estudios.

Los dos miramos la lámpara de queroseno, que daba más olor que luz.

—Estaría demasiado cansada —dije.

—Supongo que sí.

Había sido una de nuestras conversaciones más largas. Sin embargo, volví a formar parte de un buen equipo. Recopilábamos unos diez sacos grandes de ostras a diario. Si seguíamos así, sería un año espléndido. Lo nuestro no era comparable con las goletas, los barcos de velas grandes cuyos cinco o seis tripulantes rastreaban con dragas por el fondo arrancando fango, inmundicia y algas junto con las ostras cada vez que la grúa subía una rastra. Nosotros, los que trabajábamos con tenazas, nos balanceábamos en los batideros de nuestros diminutos barcos como lo habían hecho nuestros padres y abuelos, usando tenazas de abeto, que medían tres o cuatro veces más que nuestros cuerpos, para alcanzar poco a poco los viveros, palpando el fondo hasta encontrar una zona donde hubiera ostras de tamaño comercial, y luego encerrarlas entre rastrillos para después subirlas hasta la tabla para seleccionarlas. Por supuesto, era imposible no subir ostras pequeñas, porque ninguna ostra se suelta hasta que el martillo fuerza la separación, pero, comparado con la rastra, dejábamos el rico fondo casi sin tocarlo, manteniéndolo intacto para las ostras que nuestros nietos aprovecharían.

Al principio sólo me dedicaba a seleccionar, pero si encontrábamos un vivero rico, yo también usaba las tenazas, y luego, cuando la tabla estaba llena, la subía cargada con ostras que descargaba y me ponía a seleccionar hasta que estaba a la par con mi padre.

Las ostras no son criaturas tan misteriosas como los cangrejos. Puedes conocer su vida rápidamente. En unas pocas horas, yo sabía medir una ostra de ocho centímetros con mis ojos. Las de menos de ocho centímetros hay que devolverlas. Una ostra viva, buena, cuando llega a la tabla de seleccionar tiene el caparazón cerrado por completo. Te deshaces de las que están abiertas. Están muertas. Yo era una buena ostra en aquellos días. Ni siquiera la presencia durante las fiestas de Navidad de una Caroline radiante y adulta podía irritar mi caparazón.

El agua empezó a congelarse a finales de febrero. Podía ver los desechos después de haber terminado de seleccionar, como huellas que íbamos dejando tras de nosotros sobre las placas de hielo que se formaban con rapidez.

—Estas placas pueden empezar a unirse de golpe —advirtió mi padre. Y sin hablar más, hizo virar el barco.

Nos detuvimos sólo para vender nuestra escasa carga a un barco comercial con el que nos cruzamos por el camino, y después nos dirigimos sin más pérdida de tiempo a Rass. La temperatura estaba descendiendo rápidamente. Por la mañana, la isla estaba totalmente rodeada de hielo.

Las siguientes dos semanas hizo un tiempo espantoso. Mi padre no intentó sacar el *Portia Sue*. Los primeros dos días los pasé felizmente durmiendo para recuperar un poco el sueño acumulado en el invierno. Pero pronto llegó el día en que mi madre, sirviéndome la taza de café de las diez, dijo apaciblemente que quizá quería asistir a clases durante unos cuantos días, puesto que el mal tiempo todavía podía durar.

Sus bien intencionadas palabras cayeron sobre mí como una vela mojada. Me esforcé por mantenerme tranquila, pero me sentí atrapada y sofocada con la idea de volver a la escuela. ¿No se daba cuenta de que ya tenía cien años más que cualquiera de allí, incluyendo la señorita Hazel? Puse la taza de café encima de la mesa de tal forma que se derramó en el platito y salpicó la mesa. El café estaba racionado entonces, y desperdiciarlo era imperdonable. Me levanté rápidamente para buscar un trapo, mascullando una disculpa, pero ella fue más rápida aún y empezó a quitar el líquido negro del hule con una esponja, así que volví a sentarme y la dejé hacerlo.

—Estoy preocupada por ti, Louise —dijo mientras limpiaba con gran dedicación y sin mirarme—. Tu padre y yo te estamos agradecidos, desde luego. No sé qué hubiéramos hecho sin ti. Sin embargo...

Su voz se apagó, reacia, supongo, a advertirme lo que podía ser de mí si seguía haciendo la misma vida. No sabía si mostrarme enternecida o molesta. Estaba realmente irritada. Si estaban dispuestos a aceptar los frutos de mi vida, al menos podían ahorrarme la carga de su culpabilidad.

—No quiero volver a la escuela —dije llanamente.

—Pero...

—Tú me puedes dar clases aquí. Eres maestra.

—Pero estás sola.

—Allí estaría aún más sola. Nunca pertenecí a esa escuela. —Me disgustaba comprobar cómo me acaloraba a medida que hablaba—. Los odio a ellos, y ellos a mí.

¡He aquí! Ya sé qué me había pasado. Yo no les importaba lo suficiente para que me odiaran. Es posible que de vez en cuando sirviera como objeto de sus burlas, pero nunca había conseguido ser tan importante como para que me odiaran.

Se enderezó, suspirando, y se acercó al fregadero para aclarar la esponja.

—Supongo que tienes razón —dijo por fin—. Que yo te dé clases, quiero decir, si la señorita Hazel me deja los libros. El capitán Wallace tal vez esté dispuesto a darte clases de matemáticas.

—¿No puedes tú?

Aunque ya no estaba enamorada del capitán, no me apetecía encontrarme en una situación donde tendríamos que estar tan próximos, sólo los dos. Me quedaba una huella de dolor.

—No —dijo—. Si quieres recibir clases en casa, tengo que pedirle a alguien que te dé matemáticas. No hay nadie que tenga... el... el tiempo.

Siempre tenía cuidado de no dar la impresión de que desdeñaba a los isleños por su falta de cultura.

No estoy segura de cómo mi madre persuadió a la señorita Hazel para que diera su consentimiento a ese arreglo. Aquella mujer era muy celosa de su posición de profesora de secundaria en Rass. Tal vez mi madre llegó a convencerla de que mi asistencia irregular podría suponer un desbarajuste para la clase, no sé, pero volvió a casa con los libros y empezamos nuestras clases en la mesa de la cocina.

En cuanto a mis clases con el capitán, mi madre, que era sensible a la más mínima insinuación de comportamiento inapropiado, me acompañaba siempre. Ella permanecía sentada haciendo punto mientras teníamos nuestras muy apropiadas clases, sin póquer ni chistes, y después ella y el capitán hablaban por encima de mi cabeza. Él se mostraba siempre ansioso por tener noticias de Caroline, quien prosperaba en Baltimore como, según el profeta Jeremías, lo hacen únicamente los malvados. Sus cartas eran pocas y apresuradas, pero llenas de detalles de sus conquistas. A cambio, el capitán contaba las noticias de Call, que escribía con casi la misma regularidad que Caroline. Entre cartas había mucho «¿Le conté...?», o «¿Le leí la parte sobre...?» La censura impedía que Call contara muchas cosas sobre dónde estaba o qué hacía, pero lo que escribía era suficiente para ponerme la carne de gallina. El capitán, que había participado en batallas navales antes, parecía considerar todo aquello con más interés que miedo.

Sólo nos quedaban unos cuantos días para buscar ostras aquel invierno del 44. En los días finales de marzo y casi todo abril, mi padre pescaba y salaba una especie de pequeño arenque que usaba como cebo de cangrejos; luego puso a punto el motor del *Portia Sue* y lo volvió a transformar para buscar cangrejos. Después de tomar y salar el cebo, pasó unos días pescando, e incluso hizo unas reparaciones en la casa. Yo me metí de lleno con los estudios en casa, porque una vez que los cangrejos empezaran a emigrar tendría que volver a mi trabajo en los flotadores y el cobertizo.

Mi madre oyó la noticia del día D en nuestra anticuada radio y bajó al cobertizo para contármelo. Parecía más entusiasmada que yo; para mí, aquello sólo significaba más guerra y matanzas. Además, no era la guerra en Europa lo que me preocupaba.

XVI

Roosevelt fue reelegido para un cuarto mandato en el otoño de 1944 sin la ayuda de Rass, que votó masivamente al partido republicano, como siempre. Pero cuando murió en el siguiente mes de abril, nos sentimos tan conmovidos como toda la nación. Al escuchar la noticia, me acordé instantáneamente del día en que comenzó la guerra, Caroline y yo, de pie, asidas de la mano, delante de la radio. El escalofrío que sentí fue el mismo que el de aquel día del invierno de 1941, cuando Caroline y yo empezábamos a hacernos mayores.

Unos días después de que acaeciera la muerte de Roosevelt, recibí la única carta de Call. Me sorprendió darme cuenta de cómo me temblaban las manos al abrirla, tanto que me vi obligada a salir de la sala, donde estaban mi madre y la abuela, e ir a la cocina. Era muy breve.

Querida Wheeze:
¿Qué crees que le dijo san Pedro a Franklin D. Roosevelt? ¿Entiendes?

Call.

Lo entendí, pero como era habitual con los chistes de Call, no lo encontré nada gracioso.

El 30 de abril, el día en que Hitler se suicidó, me permitieron presentarme a los exámenes finales. Aprobé y, para mi satisfacción, con las notas más altas registradas en Rass. No es que la señorita Hazel se lo contara a mi madre. Fue el inspector de enseñanza del continente, que había corregido los exámenes y que se tomó la molestia de escribirme una carta de felicitación.

Cuando la guerra en Europa terminó ocho días más tarde, la noticia fue eclipsada por la otra, procedente de Baltimore: Caroline había recibido de la Escuela Julliard de Música en Nueva York una beca que lo cubría todo. Mis padres creyeron que eso significaba que podía tomarse vacaciones y volver a casa durante el verano, pero ella escribió en el último momento que tenía la oportunidad de asistir a la escuela de verano de Peabody, una oportunidad que su profesor de canto opinaba que no podía rechazar. Estoy segura de que mis padres quedaron desilusionados, pero yo no. La guerra sería pronto cosa del pasado. Sabía que pronto volvería Call.

Qué podía significar el retorno de Call para mí no podía decirlo. No es que creyera que había perdido los dos últimos años, pero comencé a darme cuenta de que había sido un tiempo de hibernación, porque experimenté otra vez emociones que había casi olvidado. Tal vez cuando Call volviera a casa, bueno, por lo menos cuando volviera, podría pasarle todas mis tareas. Mi padre estaría encantado de tener a un hombre para que le ayudase. Y yo, ¿qué quería? Podía irme de la isla, si así lo deseaba. Podía ir a las montañas. Hasta podía encontrar un trabajo en Washington o en Baltimore. Si decidía marcharme; pero había algo frío en esa idea y la dejé de lado.

Empecé a usar crema para las manos todas las noches, derramando un montón de loción en cada una y durmiendo con un par de viejos guantes blancos de algodón de mi madre —tal vez los guantes que había llevado en su boda—. ¿Es posible? Era estúpido, pero decidí resignarme a ser otra tía Braxton. Era joven y capaz, como habían demostrado mis notas. Sin Dios, o sin un hombre, todavía podía conquistar un pequeño rincón del mundo, si quería. Mis manos no acababan de suavizarse. Pero estaba empeñada en no darme por vencida esta vez.

Algo también le estaba ocurriendo a la abuela. De sopetón, aquel verano decidió que mi madre era la mujer que le había quitado el marido. Una tarde volví del cobertizo a la hora de cenar y encontré a mamá intentando hacer pan. Digo intentando, porque era un día de agosto de calor sofocante, que en sí ya era bastante difícil de aguantar en la isla, pero mientras mamá trabajaba, la cara brillante de sudor y el pelo pegado a su cabeza, la abuela le leía a gritos, con voz que se podía oír hasta en la calle, el capítulo seis de Proverbios: «Huye de la mujer disoluta».

—¿Puede alguien llevar fuego en su regazo, sin quemarse los vestidos? —gritaba la abuela cuando entré por la puerta trasera.

Nos habíamos acostumbrado a que la abuela nos leyera la Biblia, pero no solía leer partes tan escabrosas. Ni siquiera entendí lo que decía hasta que la abuela, esta vez, al verme entrar, dijo:

—¡Di a esa adúltera viperina que escuche la Palabra de Dios! —y prosiguió leyendo el capítulo siete que describe la seducción de un joven por una «mujer ajena».

Bajé la vista para mirar a mi madre, que sacaba con dificultad las hogazas de pan del horno. Tuve que hacer grandes esfuerzos para reprimir las carcajadas que estaba a punto de soltar. ¿Susan Bradshaw, una pecadora? Es un chiste, ¿entiendes? Me puse a hacer ruido con los cazos y las sartenes, más para ahogar mis risas que para ayudar a hacer la cena.

Cuando levanté la vista, vi a mi padre en la puerta de entrada. Parecía estar esperando, contemplando la escena, antes de decidir qué hacer.

La abuela no le había visto. Seguía empeñada con el pasaje: «Y se fue tras ella entontecido, como buey que se lleva al matadero...».

Sin ni siquiera quitarse las botas, mi padre cruzó recto por la sala de estar para entrar en la cocina y, con aire de que no le importaba quién le viera, besó a mi madre en el cuello, donde se le había soltado un pelito de su moño. A mi pesar, me ruboricé, pero no pareció verme. Susurró algo al oído de mi madre. Ella hizo una mueca irónica.

—«Hasta que una flecha atraviesa el hígado...»

—¿Hígado? —Mi padre pronunció la palabra con horror simulado. Luego se dirigió a la abuela y se dejó de bromas—: Madre, creo que tu cena está servida.

La abuela pareció sobresaltarse al oír su voz, pero se acercó a la mesa resuelta a terminar el terrible pasaje, aunque a la vez no estaba dispuesta a perder su cena.

—«Su casa es el camino del sepulcro...»

Mi padre le quitó despacito la Biblia y la puso en un estante sobre su cabeza.

Ella se volvió bruscamente para librarse de él como un niño asustado, pero él la tomó por el brazo, la llevó a la mesa y la hizo sentar. El gesto de llevarla pareció gustarle. Dirigió una mirada de triunfo a mi madre, y luego se dedicó con gran energía a comer.

Mi padre lanzó una sonrisa a través de la mesa a mi madre. Ésta apartó su pelo mojado de la cara y le devolvió la sonrisa. Volví la cabeza para no verlos. «No os miréis así. La abuela puede veros», pensé. ¿Pero fue únicamente el temor de los estúpidos celos de la abuela lo que me dio ganas de llorar?

Irónicamente, fueron las noticias de Hiroshima las que facilitaron nuestras vidas. La abuela, intuyendo de alguna forma el terror absoluto de la bomba, se olvidó de la lujuria en favor de Armagedón. Fuimos amonestados para que lucháramos contra la prostituta de Babilonia, que de alguna forma identificaba con el Papa de la Iglesia católica romana, y nos advirtió repetidas veces que nos preparáramos para encontrarnos con nuestro Dios. Un rápido vistazo a las páginas de su desgastada Biblia la armó con varios pasajes, que blandía sobre nuestras cabezas, que explicaba, que el Sol quedaría envuelto en tinieblas y la Luna en sangre. ¿Cómo podía ella imaginar que el Día de la Ira del Señor suponía un agradable alivio comparado con sus acusaciones de lujuria y adulterio? En Rass no había católicos y, por otra parte, el fin de todas las cosas era casi inimaginable, por lo tanto, no nos producía ningún miedo.

No hicimos fiesta cuando llegó la paz. Todavía había cangrejos emigrando en la bahía y mudando en los flotadores. Pero cenamos con una alegría especial. Hacia el final de la cena, mi padre se volvió hacia mí, como si la paz hubiera supuesto algún gran cambio en nuestra escasa fortuna, y me dijo:

—Bueno, Louise, ¿qué piensas hacer ahora?

—¿Hacer?

¿Es que quería librarse de mí?

—Sí —dijo—, ya eres toda una señorita... No puedo seguir teniéndote trabajando en el barco durante mucho más tiempo.

—No me molesta —dije—. Me gusta el mar.

—Pero a mí sí que me molesta —dijo tranquilamente—. Aunque te estoy muy agradecido por haber trabajado tanto conmigo.

—Cuando vuelva Call —dijo mi madre mientras mi corazón palpitaba oyéndola—, ayudará, y tú podrás hacer algún viaje. ¿No te gustaría?

Un viaje... Lo más lejos que había llegado hasta entonces era a Salisbury.

—Podrías ir a Nueva York y visitar a Caroline —dijo tratando de animarme. Había también aquel viejo sueño de las montañas. Quizá podría ir suficientemente lejos como para ver una montaña.

Casi en el último día de la temporada de cangrejos, Call volvió a casa. Yo estaba aún en el cobertizo, pero aburriéndome porque ya no había nada que vigilar y encajar, cuando de repente algo oscureció la luz que entraba por la puerta. El cuerpo de un hombre de uniforme llenaba el umbral. Hubo una risa de contrabajo que sonaba vagamente familiar y una voz que dijo:

—¿Sigues tan cascarrabias como de costumbre?

—¡Call!

Pegué un salto y casi tropecé con una pila de cajas de embalaje. Tenía los brazos abiertos, invitándome a abrazarle, pero de pronto me sentí cohibida.

—Oh, Dios bendito, Call. Qué mayor estás —dije para disimular mi confusión.

—Eso era lo que prometía la Marina.

Sentí su olor limpio, varonil, y al mismo tiempo el aroma a agua salada y a cangrejo que constituían mi único perfume. Me limpié las manos en los pantalones.

—Vámonos de aquí —dije.

Echó un vistazo.

—¿Puedes salir?

—Por supuesto —dije—. Lleno una caja cada dos horas.

Anduvimos sobre el muelle de madera hasta donde estaba amarrado el esquife. Me ayudó a subir a bordo por la proa, como si fuera una señora. Luego embarcó por la popa y tomó la pértiga. Le vi de pie, con su uniforme de cabo de marina, con sus hombros casi escandalosamente anchos y sus esbeltas caderas, la gorra ligeramente echada hacia atrás, el sol iluminando los cabellos rojos que quedaban al descubierto. Sus ojos eran de color azul oscuro y me sonreían, y su nariz había disminuido misteriosamente, amoldándose a su rostro. Me di cuenta de que le estaba mirando fijamente y que eso le gustaba. Desvié la vista, avergonzada. Se rió.

—¿Sabes que no has cambiado?

Si su intención era echarme un piropo, no podía haberlo hecho peor. Por su parte, él había experimentado un cambio maravilloso en los dos últimos años, y supongo que yo también había experimentado algún cambio. Crucé los brazos sobre el pecho y metí las manos bien apretadas bajo la protección de mis axilas. Raspaban como arena seca.

—¿No vas a preguntar nada sobre mí?

Me daba la impresión de que intentaba tomarme el pelo por algo. Aquello no me gustó.

—Bueno —dije, intentando disimular mi enojo—. Cuéntame dónde has estado y qué has hecho.

—Me parece que he visto todas las islas del mundo.

—Y has vuelto a la más bonita de todas —contesté.

—Sí —dijo, pero su mirada se empañó un momento—. El agua se la va a tragar, Wheeze.

—Sólo un poco, por la parte del sur —respondí evasiva.

—Wheeze, abre los ojos —dijo—. En los dos años que he estado fuera ha perdido por lo menos un acre. Otra tormenta de ésas...

Aquello no estaba bien. Era una falta de lealtad. No vuelves a tu casa después de dos años de ausencia para decirle a tu madre que se está muriendo. No sé lo que vio en mi cara, pero lo que dije fue:

—Supongo que ya habrás ido a ver al capitán.

—No. Por eso te he venido a buscar. Para que podamos ir juntos como antes. —Pasó la pértiga a babor—. Imagino que estará mucho más viejo, ¿no?

—¿Qué esperabas?

—Tan cascarrabias como de costumbre —repitió como si fuera una broma, para quitarme el mal humor.

—Tiene casi ochenta años —y añadí—: Ahora dejo el esquife en el embarcadero. Está más a mano que el estero.

Movió la cabeza y viró hacia el muelle principal.

—La muerte de la señorita Trudy le dejó muy deprimido, ¿no crees?

Empezaba a molestarme casi tanto como cuando era un chiquillo gordito.

—Yo no diría eso.

Me miró de soslayo.

—Pues sí que le dejó muy mal. Caroline y yo lo hemos comentado. Nunca más ha vuelto a ser el mismo.

—Caroline —dije. Tenía tantas ganas de cambiar de tema que hasta estaba dispuesta a hablar de la buena suerte de mi hermana—. Caroline está en una escuela de música en Nueva York.

—Julliard —dijo—. Ya lo sé.

Habíamos llegado al embarcadero. Quise preguntarle cómo lo sabía, pero tuve miedo. Así que salté afuera y amarré el esquife al lado de donde mi padre amarraba el *Portia Sue*. Dejó la pértiga en la barca y me siguió.

Caminamos juntos por la estrecha calle. Cuando llegamos a la valla de nuestra casa, me detuve.

—Me gustaría mudarme antes de ir de visita.

—Por supuesto —dijo.

Llené una jofaina de agua y la eché en el palanganero de mi habitación para lavarme lo mejor que pude. Abajo podía escuchar la nueva voz de barítono de Call respondiendo a la suave voz de contralto de mi madre. De vez en cuando había una interjección *staccato* de mi abuela. Procuré escuchar de qué hablaban, pero no pude hacerlo, pues la puerta estaba cerrada. Cuando me puse mi vestido de domingo, que no había usado casi en dos años, me apretó los pechos y la espalda. Me costó acercarme al espejo, para ver primero mi rostro curtido y luego los cabellos tostados por el sol. Los mojé con agua e intenté echarme unos cuantos rizos sobre la frente. Vertí montones de loción en las manos, y después en la cara, en las piernas, hasta en los brazos y los codos. Apestaba a perfume barato que quería creer que disimulaba el olor a esencia de cangrejo.

Casi resbalé por la escalera. Los tres levantaron la vista. Mi madre sonrió y hubiera dicho algo —tenía los labios fruncidos para hacer algún comentario que me animara—, pero la mirada que le lancé la hizo silenciarlo.

Call se puso en pie.

—Muy bien —dijo—. Eso está mejor.

No era la clase de estímulo que necesitaba en aquellos momentos.

Mi abuela se incorporó a medias en la mecedora.

—¿Adónde vas con ese hombre, Louise? ¿Adónde vas?

Agarré a Call del codo y lo empujé hacia la puerta. Se iba riendo por lo bajo mientras la voz nos seguía hasta el porche. Meneó la cabeza como si estuviéramos compartiendo un chiste.

—Veo que ella tampoco ha cambiado —dijo al llegar a la puerta.

—Está peor. Las cosas que llama a mamá...

—Bueno, no debes hacerle caso —dijo, rechazando todos los años de provocación con un súbito ademán de la mano.

El capitán me saludó cortésmente, pero lo que le llenó de alegría fue ver a Call. Le abrazó como si Call fuera una mujer. Los hombres de Rass no se abrazaban nunca, pero Call le devolvió el abrazo sin ninguna señal de vergüenza. Vi que tenía lágrimas en los ojos cuando por fin lo soltó.

—Bueno —dijo—. Qué cosas.

—Cuánto me alegro de estar de vuelta en casa —dijo Call para encubrir la turbación del viejo.

—He guardado una lata de leche —dijo el capitán—. La guardé pensando en el día de hoy.

Fue hacia la cocina.

—Voy a echarle agua.

—¿Quiere que le ayude? —le dije comenzando a levantarme.

—Oh, no, no, quédate ahí entreteniendo a nuestro héroe.

Call se rió.

—¿Sabes lo de Caroline? —preguntó el capitán.

—Sí, señor, y le estará eternamente agradecida.

—El dinero era de Trudy. Nada hubiera hecho más

199

feliz a Trudy que saber que podía ayudar a Caroline con su música. —Hizo una pausa. Luego su cabeza asomó por la puerta—. ¿Tenéis noticias el uno del otro?

—La vi —dijo Call—. Pasé por Nueva York antes de volver a casa.

Mi cuerpo lo entendió mucho antes que mi mente. Empezaron a intercambiarse sandeces sobre el tamaño y los miedos de Nueva York, pero mi cuerpo sabía que la conversación giraba sobre algo mucho más amenazador. El capitán trajo el té negro y la lata de leche que había abierto pulcramente con un punzón para romper hielo: dos agujeros, uno en cada lado.

—Supongo que tienes edad para tomar té —dijo sirviéndonos en unas tazas y platillos desportillados, primero a mí y luego a Call— y no sólo leche.

—Sí —dijo Call sonriendo—. Me he convertido en un hombre.

—Bueno. —El capitán se sentó cuidadosamente y, para compensar el temblor de sus manos, acercó la taza a su boca y tomó un largo sorbo—. Bien. ¿Y qué cuenta la señorita Caroline?

La cara de Call estaba rebosante de satisfacción. Era una pregunta a la que estaba loco por contestar.

—Ella ha dicho «sí».

Sabía, por supuesto, lo que quería decir. No era necesario pedir que lo explicara. Pero algo me empujó a pedir que me explicaran con toda claridad que para mí todo estaba perdido.

—¿Sí a qué? —pregunté.

—Vamos a decírselo —miraba al capitán socarronamente—, vamos a decirle qué respondió a su «Call».

El capitán lanzó una gran carcajada de tuba, vertiendo té en su regazo. Lo limpió con su mano libre, riéndose todavía.

—¿Lo entiendes? —Call me miró—. Contestó...

—Supongo que te costó el viaje entero inventarlo.

—Call se puso serio. Imagino que fue la amargura de mi voz—. Sólo tiene diecisiete años —dije, intentando justificarme.

—Cumple dieciocho en enero. —¡Como si yo no lo supiera!—. Mi madre se casó a los quince años.

—También la abuela —dije maliciosamente—. Una espléndida propaganda para matrimonios jóvenes, ¿no te parece?

—Sara Louise. —El capitán hablaba casi en un susurro.

Me puse en pie tan repentinamente que la habitación empezó a dar vueltas. Me sujeté a la silla, haciendo sonar la taza sobre el platillo. Me fui titubeando hasta la cocina, donde los dejé, y luego volví a la sala de estar. Sabía que estaba dando un espectáculo, pero no encontraba la manera de escabullirme. Qué injusto era que me enterara así, de golpe y porrazo.

—Bueno —dije—. Supongo que no trabajarás para papá este invierno.

—No —contestó—. Tengo un trabajo de media jornada en Nueva York para tan pronto como me licencie. Con eso y con la subvención del Estado para ex soldados que quieran seguir una carrera, puedo estudiar allí.

—¿Y qué va a pasar con los estudios de Caroline? ¿Has pensado en ella? ¿A cuánto tendrá que renunciar para casarse contigo?

—Oh, Dios santo —dijo—, las cosas no son así. Jamás le permitiría que renunciara a su posibilidad de cantar. Seguirá adelante con sus planes. Nunca he pensado ser un obstáculo para su carrera. Estoy seguro que tú lo sabes, Wheeze. —Me pedía humildemente que le comprendiera—. Puedo ayudarla. Puedo...

—Darle un puerto seguro —intervino con parsimonia el capitán.

—¿A Caroline? —lancé un bufido.

—Está sola en el mundo, Wheeze. Me necesita.

«¿A ti? —pensé—. ¿A ti, Call?» No dije nada, pero de todas maneras me entendió.

—Supongo —dijo con mansedumbre— que te es difícil entender que pueda gustarle a alguien como Caroline. —Lanzó una risita—. Sé que piensas que no soy nada del otro mundo.

Oh, Dios. Si creyera en Dios le hubiera maldecido y después me hubiera muerto. Tal como estaban las cosas, me despedí lo más rápidamente que pude y me fui, no a casa, sino al cobertizo, donde me dediqué a estropear mi único vestido decente pescando en los flotadores.

XVII

A Call no lo licenciaron tan pronto como esperaba, así que fue al año siguiente, la víspera de Navidad de 1946, cuando él y Caroline se casaron. Mis padres fueron a la ceremonia, que se celebró en la capilla de Julliard y que, según me contaron, fue austera en cuanto a palabras y vestidos, pero rica en Bach y Mozart, gracias a los compañeros de Caroline. Me quedé con la abuela. La decisión fue mía. Mis padres hablaron de traer a un vecino para que cuidara de ella, y los dos se ofrecieron a quedarse para que pudiera asistir yo. Pero se quedaron muy aliviados por mi decisión. El estado de la abuela era tal que teníamos verdadero pánico pensando que alguien que no fuera de la familia tuviera que aguantarla, aunque fuera sólo por unos días. Además, me dijeron después, era el primer viaje un poco largo que hacían juntos. Se marcharon dando grandes disculpas el día veintidós. Tal vez mi alma, que ya estaba tan encallecida como mis manos, hubiera soportado aquella boda. No sé. Pero me alegro de no haber tenido que pasar la prueba.

La abuela se portó como una niña cuyos padres se marchan sin darle explicaciones de adónde van ni de cuándo volverán.

—¿Dónde está Truitt?

—Se ha ido a Nueva York a la boda de Caroline, abuela.

Su rostro estaba vacío de expresión, como si no estuviera muy segura de quién era Caroline, pero creyó mejor preguntar:

—¿Dónde está Susan?

—Se ha ido con papá a Nueva York.

—¿Nueva York?

—A la boda de Caroline.

—Ya lo sé —contestó irritada—. ¿Por qué me han dejado aquí?

—Porque odias el ferry, abuela, sobre todo en invierno.

—Odio el agua —repitió monótonamente el consabido ritual. De repente dejó de mecerse y ladeó la cabeza para fijarse en mí—. ¿Por qué estás tú aquí?

—Porque no te gusta estar sola, abuela.

—¡Bah! —Sorbió el aire y se ciñó el chal en los hombros—. No tienes que vigilarme como si fuera un cangrejo que está mudando.

Por mi mente pasó la imagen de mi abuela como un viejo cangrejo. «¿Lo entiendes?» Quería decírselo a alguien.

—¿Qué haces con ese cuchillo y esa madera?

—Oh, estoy simplemente tallando una cosa.

En realidad, era una rama casi recta que había arrojado el mar; creía podría servir de bastón para la abuela. Había desplegado el *Sun* dominical y estaba recortando la madera antes de pasarle una lima.

—¿Por dónde andará ese viejo pagano? —dijo—. Supongo que se habrá muerto como todos los demás.

—No. El capitán Wallace está muy bien.

—Pues nunca aparece por aquí —suspiró—. Supongo que es demasiado presumido para hacer caso de alguien como yo.

Dejé de cortar.

—Suponía que no te caía bien, abuela.

—No, no me cae nada bien. Piensa que es el no va más. Demasiado bueno para la hija de un hombre que ni siquiera tiene un barco propio.

—¿De qué estás hablando, abuela?

—Nunca me hizo caso. Viejo pagano.

Me sentí como si me hubiera caído desde un estrecho sendero a la marisma.

—Abuela, ¿qué estás diciendo?

—Tú siempre has sido una chica ignorante. No le aceptaría ni aunque me ofreciera un plato de plata. Quiero decir, entonces.

—Abuela —dije, todavía intentando tantear el camino—, tú eres mucho más joven que el Capitán.

Me miró con chispas en los ojos.

—Hubiera crecido —dijo como una niña obstinada—. Se fue antes de que tuviera oportunidad.

Luego se cubrió la cabeza con sus nudosas manos y comenzó a llorar.

—Era guapa —dijo entre sollozos—. Cuando tenía

trece años era la niña más guapa de toda la isla. Lo esperé dos años antes de casarme con William, pero no volvió nunca. —Se limpió los ojos con su chal y echó la cabeza hacia atrás mirando una mancha en el techo—. Era demasiado viejo para mí, y ahora parece demasiado joven. Anda detrás de cabezas de chorlito como tú y Caroline. Oh, Dios bendito, qué hombre más cruel.

¿Qué podía hacer yo? A pesar de todo el dolor que me había causado, al verla así, obsesionada todavía por la pasión de su niñez, me entraron ganas de rodearla con los brazos y consolarla. Pero me había atacado tantas veces que tenía miedo de tocarla. Lo intenté con palabras.

—Creo que él se sentiría muy feliz siendo tu amigo —le dije—. Está completamente solo ahora.

Al menos parecía que me escuchaba.

—Call, Caroline y yo solíamos ir a verle. Pero ellos ya no están, y no es correcto que yo vaya sola.

Levantó la cabeza. Por un momento creí que iba a empezar otra vez con sus imprecaciones bíblicas, pero no lo hizo. Se recostó y murmuró algo como «no sería correcto».

Así que me atreví a dar otro paso.

—Podemos invitarle a cenar con nosotras el día de Navidad —dije—. Somos sólo dos. ¿No parecería más Navidad si tenemos compañía?

—¿Se portaría bien?

No estaba muy segura de lo que quería decir por «bien», pero dije que sí.

—No quiero gritos —explicó—. No puedo soportar a alguien que grita mientras estás comiendo.

—No —asentí—. Desde luego que no —y añadí—: Le contaré que lo has dicho.

Sonrió astutamente.

—Sí —dijo—. Si quiere venir de visita, tiene que portarse bien.

Me pregunto si volveré algún día a sentirme tan vieja como aquel día de Navidad. La abuela, con su encanto tan recargado y marchito como una fruslería. ¿Quién ha tenido que habérselas con una chiquilla más exasperante? El capitán respondió con la dignidad de un adolescente importunado por unos niños a cuyos padres quiere impresionar. Y yo haciendo de madre vieja, harta de las pesadas travesuras de una y de la estudiada paciencia del otro. Pero no tengo por qué quejarme. La comida, asombrosamente, salió bien. Hice un pollo —que en aquella época era un verdadero manjar— relleno de ostras, patatas hervidas, budín de maíz, judías de las que había puesto en conserva mamá, panecillos y pastel de melocotón caliente.

La abuela sacó las ostras del relleno y las puso en un lado de su plato.

—Ya sabes que no me gustan las ostras —me dijo haciendo pucheros.

—Oh, señorita Louise —dijo el capitán—. Pruébalas con un poco de pechuga. Son deliciosas.

—Está bien —dije rápidamente—. Déjalas. No importa.

—No las quiero en el plato.

Me levanté de un salto, llevé el plato a la cocina, donde quité las ostras ofensoras, y lo devolví a la mesa con la sonrisa más estirada que pude.

—¿Qué tal ahora? —pregunté al sentarme.

—Tampoco me gusta el budín de maíz —dijo. Vacilé, dudando si debía quitar el budín o no—. Pero lo comeré.

Lanzó una orgullosa mirada al capitán.

—Muchas veces como cosas que realmente no me gustan —le dijo.

—Muy bien —dijo él—. Eso está muy bien.

Empezó a tranquilizarse y a disfrutar de la comida.

—La vieja Trudy se murió —dijo ella después de un rato. Ni el capitán ni yo le contestamos—. Todo el mundo se muere —agregó con tristeza.

—Sí, es cierto —contestó él.

—Tengo miedo de que el agua se lleve mi ataúd —dijo—. Odio el agua.

—Oh, a usted le quedan todavía muchos años de vida, señorita Louise.

Ella le sonrió con descaro.

—Desde luego, más que a usted. Supongo que le gustaría tener mi edad ahora, ¿eh, Hiram Wallace?

Él soltó el tenedor y se limpió ligeramente la barba con la servilleta.

—Bueno...

—Hubo una ocasión en que yo era demasiado joven y demasiado pobre para que usted me hiciera caso.

—Era un joven tonto, pero ésas son cosas del pasado, señorita Louise.

—No tenía por qué haberse marchado, usted lo sabe. Había muchas que le hubieran aceptado, cobarde o no.

—Abuela, ¿no quieres más pollo?

No había forma de distraerla.

—Hay otros que tampoco aguantan los rayos.

—¿Rayos?

—Por supuesto. Cortó con una hacha el mástil del barco de su papá. —Se rió ahogadamente.

—Es un viejo cuento, abuela. El capitán nunca...

—Pero lo hice —dijo—. Me costó veinte minutos cortarlo y cincuenta años volver a colocarlo. —Me sonrió, sirviéndose un panecillo de la bandeja que le ofrecí—. Qué bueno es ser viejo —dijo—. La juventud es una herida mortal.

—¿De qué habla, Wheeze? No sé qué dice.

Soltó su panecillo y estiró el brazo para tomar la mano nudosa de ella y acariciar su dorso con el pulgar.

—Estoy tratando de decirle algo a la chica que sólo usted y yo podemos comprender. Qué bueno es ser viejo.

Vi cómo la cara de ella pasaba del sobresalto a un gesto de satisfacción porque él, de algún modo, se había unido a ella en contra de mí. Luego la abuela pareció recordar. Apartó la mano.

—Moriremos —dijo.

—Sí —sentenció él—. Pero estaremos preparados. Los jóvenes nunca lo están.

Ella no nos dejó en todo el día, ni siquiera para dormir la siesta, pero meciéndose en su sillón después de comer, se quedó dormida, la boca ligeramente abierta, la cabeza echada torpemente sobre el hombro derecho.

Volví después de haber fregado los platos y los encontré a los dos en silencio, ella dormida y él contemplándola.

—Le doy las gracias —dije—. Hubiera sido un día muy solitario sin usted.

—Soy yo quien te da las gracias —dijo. Y después—: Fue muy difícil para ti, ¿no es cierto?

Me senté en el sofá cerca de su silla. Ya no tenía por qué disimular.

—Esperaba que cuando Call volviera...

Movió la cabeza.

—Tu destino no es ser una mujer de esta isla. Un hombre, quizá. Nunca una mujer.

—Ni sé si quería casarme con él —dije—. Pero quería algo. —Bajé la cabeza para mirar mis manos—. Sé que éste no es lugar para mí. Pero no hay escapatoria.

—Bah.

—¿Qué?

Creí que no le había oído bien.

—Bah. Tonterías. Puedes hacer lo que quieras. Eso lo sé desde el día en que te conocí, viéndote desde el otro extremo del periscopio.

—Pero...

—¿Qué es lo que realmente quieres hacer?

Me quedé con la mente en blanco. ¿Qué era lo que de verdad quería hacer?

—¿No lo sabes? —Era casi un desafío. Su mirada me estaba poniendo nerviosa—. Tu hermana sí sabía lo que quería, así que cuando se le presentó la oportunidad la tomó.

Abrí la boca, pero hizo un gesto para que me callara.

—Tú, Sara Louise, no me digas que nadie te dio una

oportunidad. No necesitas que alguien te dé algo. Puedes crearte tus propias oportunidades. Pero primero tienes que saber qué es lo que quieres, querida.

Su tono se había ablandado.

—Cuando era más joven quería ir a un internado en Crisfield. —Ahora ya es demasiado tarde para eso. —Sé que va a parecer tonto, pero me gustaría ver las montañas. —Eso es bastante fácil. Están sólo a doscientas millas al oeste.

Aguardó, esperando algo más. —Podía... —La ambición empezó a formarse a medida que me salía la frase—. Quiero dedicarme a la medicina. —Bueno. —Se inclinó hacia adelante, mirándome con cariño—. ¿Y por qué no?

Cualquier contestación le hubiera parecido una excusa, y la que le di más que ninguna.

—No los puedo dejar —dije a sabiendas de que no me creería.

XVIII

Dos días después de que volvieran mis padres de Nueva York estuve a punto de pelearme con mi madre como nunca lo había hecho. Los niños educados como yo nunca pelean con sus padres. Incluso existía un mandamiento sobre eso, el número cinco: «El único de los diez mandamientos que llevaba aparejada una promesa». Todavía oigo el tonillo nasal del predicador mientras nos enseñaba: «Honra a tu padre y a tu madre para que vivas largos años en la tierra que Yahvé, tu Dios, te da». Cuando mi madre salió del ferry, noté algo diferente en ella. Al principio creí que era el sombrero. Caroline le había comprado un sombrero nuevo para la boda y lo trajo puesto en el viaje de vuelta. Era de fieltro azul pálido con ala ancha enrollada, que se extendía al sesgo. Tenía encanto, tanto por el color, que era exactamente el mismo de sus ojos, como por el ángulo, que hacía que su cara pareciera dramática en lugar de simplemente delgada. Estaba radiante. A mi padre se le veía orgulloso a su lado y un poco desmañado en su traje domini-cal. Las mangas nunca habían sido bastante largas para tapar sus muñecas tostadas, y sus grandes manos curti-das semejaban las pinzas de un enorme cangrejo. Estaban contentos de verme, pero noté que aún no estaban dispuestos a renunciar del todo al tiempo que habían pasado juntos. Llevé una de las maletas y me re-zagué un poco en la estrecha calle. De vez en cuando, uno u otro de mis padres se volvía y me sonreía para decir algo como «¿Todo bien?», pero andaban más apre-tados de lo que era necesario, tocándose mientras anda-ban, y se miraban sonriéndose constantemente. Mis dientes castañeteaban de tanto que tiritaba.

La abuela estaba en la puerta esperándonos. Le die-ron unas palmaditas cuando entraron. Pareció intuir en seguida que algo estaba pasando entre ellos. Sin decir una palabra de bienvenida, se fue rápidamente hacia su mecedora, tomó la Biblia y pasó las páginas descuida-damente y con impaciencia hasta que encontró el pasa-je que buscaba.

—«Hijo mío, dame tu corazón y permite que tus ojos observen mis formas... Porque una prostituta es una acequia profunda; una mujer extraña es un foso estre-cho.»

El cuerpo de mi madre se tensó al oír la palabra «prostituta», pero se recuperó y se fue hacia el paragüe-ro, donde sacó cuidadosamente los alfileres de su som-brero. Con sus ojos clavados en su propia imagen, se quitó el sombrero y volvió a meter los alfileres en el ala, y luego dio unos toquecitos a su pelo con una mano.

—Mejor —dijo, volviendo a mirarse una vez más.

213

Luego se apartó del espejo y nos miró. Estaba furiosa. ¿Por qué no chilló? La abuela no tenía ningún derecho...

—Debemos cambiarnos —dijo mi padre, y empezó a subir la escalera con las maletas. Ella dijo que sí con la cabeza y le siguió.

La abuela permaneció allí, jadeando de frustración, con todas aquellas palabras que reventaba por decir y nadie quería escuchar, salvo yo. Aparentemente, tendría que conformarse conmigo. Me lanzó una mirada feroz y luego comenzó a leer para sí todo lo rápido que pudo, buscando, imaginé, algo que pudiera lanzarme y de esta forma soltar todo el explosivo que llevaba dentro.

—Aquí, abuela —dije con voz melosa—. Déjeme ayudarla. —Había estado preparando aquel momento durante meses—. Lea, aquí. Proverbios veinticinco y veinticuatro. —Repasé rápidamente las páginas y señalé con el dedo el verso que había memorizado con gran regocijo—: «Mejor es —recité piadosamente— vivir en un rincón del desván que tener casa común con una mujer rencillosa.» —Compuse la sonrisa más dulce posible.

Me arrebató la Biblia de la mano, la cerró estrepitosamente y luego, sujetándola con una mano, me dio una bofetada con tanta fuerza que tuve que aguantar todo lo que pude para no gritar. Pero a la vez me alegré de que me hubiera pegado. Incluso mientras sonreía por la sorpresa y el dolor que me había causado, sentí satisfacción. Merecía el castigo. Lo sabía. A pesar de que no estaba muy claro por qué lo merecía.

Pero el incidente no ayudó a la abuela. Estaba encima de mi madre a cada instante, siguiéndola de cerca mientras barría o limpiaba, cargada con su Biblia negra para leérsela y recitársela. Entretanto, mi padre parecía tener menos prisa por llevar el *Portia Sue* fuera de la bahía. Dejó pasar varios días valiosos perdiendo el tiempo con el motor, malgastando días preciosos, casi calurosos, de la temporada de las ostras. ¿No se daba cuenta de la necesidad que tenía de alejarme de aquella casa tan horrible? ¿No veía que al estar encerrada con la abuela, que desvariaba tanto, me empujaba al borde de la locura? Y mi madre tampoco ayudaba en aquella situación. Cada momento del día estaba envenenado por el odio de la abuela, pero mi madre, con la cabeza ligeramente inclinada como si anduviera con el viento en contra, siguió su camino silencioso por la casa, murmurando una palabra o dos cuando parecía necesaria una respuesta y se podía dar sin riesgo. Para mí hubiera sido más fácil si hubiera gritado o llorado, pero no lo hacía.

Sin embargo, propuso que limpiáramos las ventanas, un trabajo que habíamos hecho con mucho esmero cuando terminó la temporada de cangrejos. Cuando abrí la boca para protestar, vi su cara y me di cuenta de cuánto necesitaba estar fuera de la casa, aunque no lo decía. Fui a por unos cubos de agua templada y amoníaco. Fregamos con cepillo y trapo en un bendito silencio durante casi media hora. A través de la ventana del porche donde trabajaba, podía ver a la abuela, dando vueltas ansiosamente por la sala de estar. No se atrevía a salir por su artritis, pero era evidente que nuestro comportamiento la molestaba. Al ver su cara enjuta, experimenté varios sentimientos dispares. En primer lugar, una especie de orgullo perverso de que mi mansa madre hubiera salido triunfante frente a la vieja, aunque fuera por una tarde. Después, una insistente sensación de culpabilidad por sentir tanto placer al ver a la abuela tan incómoda. No debía olvidar que sólo una semana antes me había sentido enternecida por sus penas infantiles. Esta sensación empezó a trocarse en ira porque mi inteligente, gentil y hermosa madre fuera perseguida tan injustamente, y aquélla se transformó, Dios sabrá cómo, en furia contra ésta porque permitía que la trataran así.

Moví el cubo mientras estaba de pie sobre una silla, fregando y canturreando alegremente.

—¡No lo comprendo! —Las palabras me salieron por casualidad.

—¿Qué, Louise?

—Eres inteligente. Fuiste a la universidad. Eres guapa. ¿Por qué viniste aquí?

Tenía una manera de simular que no le sorprendían nunca las preguntas de sus hijas. Sonrió, no a mí, sino a algún recuerdo que afloraba de su interior.

—Oh, no sé —dijo—. Yo era un poco romántica. Quería marcharme de lo que consideraba un pueblo pequeño y muy convencional para probar mis alas. —Se rió—. Mi primera idea fue irme a Francia.

—¿A Francia?

Puede que yo no la sorprendiera, pero ella a mí, sí.

—A París, para ser más exacta. —Sacudió la cabeza mientras estrujaba el trapo por encima del cubo que estaba a su lado en la silla—. Eso demuestra lo convencional que era yo. Todos los de mi generación universitaria querían ir a París para escribir una novela.

—¿Querías ir a París y escribir una novela?
—Poesía, en realidad. Había publicado unas cuantas cosas en la universidad.
—¿Publicaste poemas?
—No fue tan importante como puede parecerte. Te lo prometo. De todas formas, mi padre no estaba dispuesto a tenerlo en cuenta. No tuve corazón para desobedecerle. Mi madre había muerto poco antes —añadió como si eso explicara su renuncia a ir a París.
—¿Y en lugar de ir a París viniste a Rass?
—Parecía romántico... —Empezó a fregar de nuevo mientras hablaba—. Una isla aislada que necesitaba una maestra. Me sentía... —Se rió de sí misma. Me sentía como una pionera, al venir aquí. Además... —Se volvió hacia mí, para mirarme sonriendo ante mi incomprensión—. Tenía la noción de que podía encontrarme a mí misma como poeta aquí, pero, por supuesto, no fue solamente eso.
La ira volvía a apoderarse de mí. No había razón para que me pusiera así, pero yo estallaba, al igual que cuando Caroline estaba en casa.
—¿Y te encontraste a ti en esta pequeña isla?
La pregunta estaba llena de sarcasmo.
Prefirió pasar por alto mi tono.
—Encontré muy pronto... —Se rascó algo con una uña mientras hablaba—. Vi que no había mucho que buscar.
Reventé. Era como si me hubiera insultado directamente al hablar tan a la ligera sobre sí misma.
—¿Por qué? ¿Por qué te desperdiciaste?
Tiré el trapo en el cubo, salpicándome los tobillos

con el agua gris del amoníaco. Luego salté de la silla y retorcí el trapo como si fuera el cuello de alguien.

—Tuviste todas las oportunidades del mundo y las desperdiciaste todo por aquel... —y apunté con el trapo retorcido a la cara de la abuela que nos miraba con petulancia desde detrás del cristal.

—Por favor, Louise.

Me volví para no ver sus caras, un sollozo subía desde muy adentro de mí. Golpeé el muro de la casa para detener las lágrimas, escupiendo violentamente cada sílaba.

—Dios del cielo, qué despilfarro más estúpido.

Ella bajó de la silla y se acercó adonde yo estaba, de pie, apoyada contra la pared de la casa, temblando con lágrimas de ira, Dios sabe para qué o por quién. Se puso donde pudiera verla, los brazos medio extendidos como si le hubiera gustado abrazarme, pero sin atreverse. Me aparté de un salto. ¿Creía que si me tocaba podía contaminarme? ¿Infectarme de la debilidad que percibí en ella?

—Podías haber hecho cualquier cosa, llegar a ser lo que querías.

—Pero soy lo que quería ser —dijo dejando caer sus brazos—. Lo elegí. Nadie me obligó a ser lo que soy.

—Eso es horrible.

—No estoy avergonzada de lo que he hecho con mi vida.

—Pues no intentes hacer de mí lo que tú eres —dije. Sonrió.

—Te prometo que eso jamás lo haré.

—No pienso pudrirme aquí como la abuela. Pienso

marcharme de esta isla y hacer algo. —Esperé para que me detuviera, pero siguió allí de pie—. Y no vas a impedírmelo tampoco.

—No te lo impediré —dijo—. No le puse trabas a Caroline y, desde luego, no pienso ponértelas a ti.

—Oh, Caroline. Caroline es diferente. Todos han favorecido siempre a Caroline. Caroline es la delicada, la dotada, la hermosa. Por supuesto, debemos sacrificar todos nuestras vidas, que el mundo comprenda su grandeza.

¿La vi retroceder una pizca?

—¿Qué quieres que hagamos por ti, Louise?

—¡Dejarme ir! ¡Dejarme marchar!

—Por supuesto que puedes irte. Nunca habías dicho que querías hacerlo.

Oh, bendito sea, tenía razón. Mucho soñar con marcharme, pero por debajo de todo aquello, tenía miedo a irme. Me había agarrado a ellos, a Rass, sí, y hasta a la abuela, temiendo que si los soltaba, por poco que fuera, me encontraría una vez más fría y limpia en una cuna olvidada.

—Yo quise venir a esta isla —dijo—. Dejar mi propia gente y hacerme una vida en otro lugar. Nunca te negaría el derecho de elegir. Pero... —y sus ojos me abrazaron, si no sus brazos—. Oh, Louise, te echaremos de menos, tu padre y yo.

Cuánto ansiaba creerla.

—¿De veras? —pregunté—. ¿Tanto como a Caroline?

—Más —dijo, levantando la mano y alisando ligeramente mi pelo con las puntas de los dedos.

No insistí en que me lo explicara. Estaba demasiado agradecida por esa única palabra que me permitió dejar la isla y comenzar a hacerme una alma separada de la larga, alargada sombra de mi gemela.

XIX

Todas las primaveras, un pescador de cangrejos sale con sus nasas perfectamente limpias. Los cangrejos son crustáceos muy particulares y no están dispuestos a pisar tu casita de alambres si el cebo está rancio o los alambres oxidados y atascados por algas. Pero echa al agua una nasa lustrosa con su caja de cebo llena de arenques casi, casi frescos, y entrarán nadando por la puerta de la primera planta, y antes de que se den cuenta estarán instalados cómodamente en la planta superior y camino del mercado.

Así es como empecé aquella primavera. Tan lustrosa como una nasa nueva, dispuesta a vencer al mundo. Seguí un consejo de mi padre y escribí al inspector de enseñanza del condado que había corregido mis exámenes de la escuela secundaria, y le pareció muy bien recomendarme para una beca a la Universidad de Maryland. Mi primera idea fue quedarme en casa y ayudar con los cangrejos hasta septiembre. Mi padre rechazó mi oferta. Creo que mis padres temían que si no me marchaba en seguida perdería el ánimo. No estaba preocupada por eso, pero sí tenía ganas de irme, así que salí para College Park en abril y alquilé una habitación cerca del *campus*, trabajando de camarera para ganarme la vida hasta los cursos de verano, cuando podría ir a la residencia universitaria y comenzar a estudiar.

Un día de primavera, hacia finales del segundo curso, encontré en mi casilla una nota de mi consejero diciendo que quería verme. Era un día claro y azul que me hizo pensar mientras atravesaba la plaza que allá, cerca de Rass, los cangrejos estarían empezando a emigrar. El aire estaba fresco con el olor de la nueva vegetación. Entré en el edificio y subí la escalera hasta su oficina canturreando de pura alegría de vivir. Había olvidado que la vida, al igual que la nasa, acumula muchos desperdicios no deseados.

—Señorita Bradshaw.

Limpió su pipa, dando golpes con ella en el cenicero con tanto empeño que casi me ofrecí a limpiarla por él.

—Señorita Bradshaw. Vamos a ver.

Tosió y después volvió a llenar y encender la pipa con gran esmero.

—¿Sí, señor?

Echó una bocanada de humo antes de proseguir:

—Veo que va muy bien con sus estudios.

—Sí, señor.

—Imagino que está pensando en estudiar medicina.

—Sí, señor. Por esta razón estoy haciendo cursos especiales.

—Entiendo. —Sopló y chupó un poco—. ¿Está usted muy segura de que eso es lo que quiere? Pienso que una mujer joven y guapa como usted...

—Sí, señor, estoy totalmente segura.

—¿Ha pensado en la carrera de enfermera?

—No, señor. Quiero ser médico.

Cuando vio lo decidida que estaba, dejó de jugar con su pipa. Le hubiera gustado que las cosas fueran diferentes, me dijo, pero con tantos veteranos que volvían, las oportunidades para una mujer, «incluso una mujer tan inteligente como usted», eran prácticamente nulas. Intentó convencerme para que me cambiara a una escuela de enfermeras al finalizar el curso.

Una ortiga de mar dándome en la cara no podía haberme hecho más daño. Durante unos cuantos días estuve desconsolada, pero luego decidí que si no puedes pescar cangrejos donde están, mejor que muevas tus nasas. Me matriculé en la Universidad de Kentucky, en su escuela de enfermeras, que ofrecía un buen curso para comadronas. Pensaba convertirme en enfermera-comadrona, pasar unos años en las montañas, donde había necesidad de médicos, y luego aprovechar mi experiencia para persuadir al gobierno de que me enviara a una facultad de medicina becada por la sanidad pública.

Cuando estaba a punto de terminar la carrera, apareció en el tablón de anuncios para las estudiantes una lista de poblaciones en los Apalaches que pedían enfermeras-comadronas. Me saltó a la vista de entre la ordenada lista hecha a doble espacio el nombre de Truitt. Una aldea con el nombre de mi padre. Cuando me dijeron que el pueblo estaba situado en un valle rodeado por completo por montañas, y el hospital a dos horas de distancia en coche por unas espantosas carreteras, me sentí encantada. Parecía justo el sitio donde debería ir a trabajar durante dos o tres años, ver todas las montañas que había querido ver en toda mi vida y luego, armada con un poco de dinero y mucha experiencia, empezar la batalla para entrar en una facultad de medicina.

Un valle encerrado entre montañas es la cosa más parecida a una isla que conozco. Nuestro mar es la inmensidad frondosa de los Apalaches; nuestros barcos, los jeeps excedentes del ejército con que contamos para navegar por nuestras carreteras y las curvas de horquilla de las montañas. Hay unos cuantos camiones que se prestan libremente durante el buen tiempo a cualquier granjero del valle que tenga que llevar sus cerdos y terneros al mercado. Los demás, apenas salimos del valle.

La escuela es más grande que la de Rass, no sólo porque hay el doble del número de familias, sino porque la gente aquí, aún más que los isleños, suelen considerar a sus hijos como su riqueza. Hay una iglesia presbiteriana, con un salón construido en piedra del país, a la cual se acerca un predicador cada tres semanas cuando las carreteras están transitables. Y un domingo de cada cuatro, si Dios y el tiempo lo permiten, un sacerdote católico dice misa en la escuela. Ya no hay minas en nuestra bolsa de la parte occidental de Virginia, pero los mineros polacos y lituanos que llegaron de Pennsylvania hace dos generaciones se quedaron y se dedicaron a trabajar los campos y a labrar pastos en las laderas. Los duros escoceses-irlandeses que han cultivado las rocas del suelo del valle desde hace casi doscientos años, todavía los ven como extranjeros.

El problema sanitario más grave es de una índole que jamás se daba en Rass. Los sábados por la noche, cinco o seis de los hombres del valle se emborrachan como cubas y pegan a sus mujeres y a sus hijos. En los hogares protestantes me cuentan que es un problema de los católicos; en los hogares católicos, que es de los protestantes. La verdad es, por supuesto, que la dolencia atraviesa las líneas religiosas. Tal vez la culpa sea de las montañas, encumbradas ceñudamente por encima de nosotros, retrasando la luz del día y apresurando la noche. Son tan terribles y hermosas como el mar abierto, pero la gente del valle no parece darse cuenta. Tampoco agradecen la caza y la madera que les dan tan generosamente las montañas. La mayoría de ellos sólo ven la improductiva tierra con la que un hombre tiene que luchar para sacar su sustento y las barreras que le aíslan del mundo. Estos hombres luchan contra sus montañas. Los hombres de Rass viven en el agua. Ahí radica la diferencia.

Aunque la gente del valle es hostil a los forasteros, no tardaron en venir a visitarme. Necesitaban mis conocimientos.

—¿Enfermera? —Un viejo agricultor de cara rubicunda llamó a mi puerta en medio de la noche—. Enfermera, ¿tendría la bondad de venir a ver a mi Betsy? Lo está pasando muy mal.

Me vestí y le acompañé a su granja para ayudar a dar a luz lo que yo creía que sería un niño. Ante mi asombro, su coche pasó por delante de la casa para detenerse ante el establo. Betsy era su vaca, pero ninguno de nosotros se hubiera sentido más orgulloso de aquel ternero tan grande si hubiera sido un niño.

Llegué a preguntarme si todas las enfermedades del hombre y de las bestias habían esperado simplemente mi llegada para invadir el valle.

Mi casita, que también servía de clínica, estaba habitualmente de bote en bote, y a menudo con un jeep a la puerta esperando para llevarme a examinar a un niño, una vaca o a una parturienta.

La primera vez que vi a Joseph Wojtkiewicz (¡lo que hubiera hecho mi abuela con ese apellido!), la primera vez que le vi y me enteré de quién era, quiero decir, llegó en su jeep una noche para pedirme que fuera para ver a su hijo, Stephen. Al igual que la mayoría de los hombres del valle, parecía incómodo ante mí, se limitó, durante el viaje, a hablar del niño que tenía un terrible dolor de oído y fiebre de más de 40 y a decirme que por eso no se había atrevido a sacarle en la fría noche para llevarlo a la clínica.

La casa de los Wojtkiewicz era una cabaña de troncos, hábilmente construida con cuatro habitaciones pequeñas. Había tres niños, el enfermo de seis años y sus dos hermanas, Mary y Anna, que contaban ocho y cinco años. La madre había muerto hacía algunos años.

El condado me había enviado un surtido de diferentes medicinas, incluido un poco de penicilina, así que podía ponerle una inyección. Luego le froté con alcohol para bajarle la fiebre un poco hasta que empezara a hacer efecto la medicina, después le puse un poco de aceite caliente para calmar el dolor de oídos, le dije una palabra o dos sobre el valor y me preparé para regresar.

Había metido todas mis cosas en el maletín y me dirigía hacia la puerta cuando me di cuenta de que el padre del niño me había preparado café. Podía ofenderle si no lo bebía, así que me senté frente a él a la mesa de la cocina, lancé mi sonrisa más profesional, pronuncié palabras tranquilizadoras y di instrucciones innecesarias para cuidar al niño.

Era cada vez más evidente que el hombre me estaba mirando fijamente, con corrección pero como si estudiara una especie desconocida. Por fin me preguntó:

—¿De dónde es usted?

—De la Universidad de Kentucky —dije. Me enorgullecía de que los comentarios hechos por los enfermos o sus familias nunca me tomaban por sorpresa.

—No, no —dijo—. No de qué universidad. ¿De dónde viene?

Comencé a hablarle muy prosaicamente de Rass, dónde estaba, cómo era, ciñéndome a una descripción del pasado. No había vuelto a la isla desde que había entrado en la escuela de enfermeras, salvo para asistir a dos funerales, el de mi abuela y el del capitán. Ahora, al describir cómo era la marisma cuando yo era niña casi sentí el viento en mis brazos y oí los gansos aullando como una manada de perros mientras volaban. Nadie en el continente me había preguntado por mi casa antes, y cuanto más hablaba, más quería hablar, llena de felicidad y nostalgia a la vez.

Las dos niñas habían entrado en la cocina y se apoyaban a cada lado de la silla de su padre, escuchando de la misma forma con sus profundos ojos negros. Joseph rodeó a cada una con un brazo, acariciando distraídamente los rizos negros de Anna, que estaba a su derecha.

Por fin me detuve, un poco avergonzada por haber hablado tanto. Incluso me disculpé.

—No, no —dijo—. Le he preguntado porque quería saberlo. Intuía que había algo diferente en usted. Me lo he estado preguntando desde que llegó aquí. ¿Por qué una mujer como usted, que podría tener lo que quisiera, vendría a un sitio como éste? Ahora lo comprendo. —Dejó de acariciar el pelo de su hija y se inclinó hacia adelante, sus grandes manos abiertas como si necesitara de ellas para explicar lo que quería decir—. Dios en el cielo... —Al principio pensaba que estaba blasfemando, tanto tiempo había pasado desde que había oído esa expresión usada de otra manera—. Dios en el cielo la ha estado preparando para este valle desde el día en que nació.

Estaba furiosa. No sabía nada de mí ni del día en que nací, o nunca hubiera dicho semejante disparate, sentado, todo piedad, a la mesa de su cocina como un predicador metodista.

Pero entonces, bendito sea, sonrió. Creo que a partir de aquel momento supe que me casaría con Joseph Wojtkiewicz, Dios, el papa, tres hijos huérfanos de madre, el apellido imposible de escribir, todo junto. Porque cuando sonrió me pareció de la clase de hombre que les cantaría a las ostras.

XX

Es mucho más sencillo estar casada con un católico de
lo que cualquier persona de mi pasado metodista creería. De muy buena gana dejaré que los hijos, los suyos,
por supuesto, pero también los nuestros a medida que
vengan, se eduquen en la fe católica. El sacerdote se
preocupa por mí cuando nos encontramos, pero sólo
aparece una vez al mes, y Joseph mismo nunca ha hecho la más leve sugerencia sobre convertirme al catoli-
cismo o ni siquiera que me vuelva religiosa. Mis padres
dieron su consentimiento al hacer el largo viaje desde
Rass para asistir a nuestra boda, celebrada en la escuela.
Siempre tendré la satisfacción de que mi padre y Joseph
se conocieran aquella vez, porque ese mismo año, el dos
de octubre, cuando mi padre dormía en su sillón después de un día de pescar cangrejos, no volvió a despertarse.

Caroline me llamó desde Nueva York. No me acuerdo nunca de haberla oído llorar a voces antes, pero se

puso a llorar a lágrima viva, y toda la aldea de Truitt hubiera podido escucharla por la línea telefónica. Me irrité sin demasiada razón. Ella y Call irían en seguida y se quedarían hasta después del funeral. No me parecía bien que ella pudiera ir y yo no. Yo era la niña que había sacado los cangrejos de sus flotadores y seleccionado sus ostras, pero estaba casi a finales del noveno mes de mi embarazo, y sabía mejor que nadie lo disparatado que sería hacer un viaje tan largo: así que fue Joseph en mi lugar y volvió a la granja cuatro días antes de que naciera nuestro hijo.

Pensamos en la posibilidad de que mamá volviera con él entonces, pero Caroline iba a hacer su debut en New Haven en el papel de Musetta en *La Bohème* el día veintiuno. Nuestros padres pensaban asistir, pero al morir mi padre, Caroline y Call, por esta razón, insistieron en que ella volviera con ellos y que se quedara hasta después del estreno. Como iba a venir a vivir con nosotros pronto, nos parecía que era lo que debía hacer. Joseph no utilizó como pretexto mi situación. Ya estaba aprendiendo un poco de cómo ayudar en los partos, y creo que mi madre comprendió que hubiera sufrido una gran decepción de no poder hacerlo él mismo.

Supongo que todas las madres se vuelven totalmente tontas cuando describen al primer nacido, pero, oh, ¡qué hermoso es!, grande y moreno como su padre, pero tiene los ojos azul claro de los Bradshaw. Juro al oírle llorar que va a ser cantante, y al mirar sus grandes manos, que irá al mar, cosa que hace que su padre se ría y me tome el pelo hablando de cómo nuestro hijo se hará a la vela en un arroyuelo que cruza nuestro pasto.

Los niños mayores le adoran, y en cuanto a la gente del valle, no importa las veces que les explico que el bebé lleva el nombre de mi padre, todos están convencidos de que Truitt es su homónimo. Me aceptaron en sus vidas porque me necesitaban, pero ahora creo que también me han aceptado en sus corazones.

Mi trabajo no terminó ni podía terminar con el matrimonio con Joseph, ni con sus hijos y con el nacimiento de Truitt. No hay nadie más para cuidar de su valle. El hospital está todavía a dos horas de viaje, y la carretera sigue intransitable durante gran parte del invierno.

Este año nuestro invierno llegó temprano.

En noviembre estaba pendiente de dos embarazos, y uno me tenía muy preocupada. La madre es una chica delgada de dieciocho años, a menudo objeto de golpes. A juzgar por su tamaño, sospeché en seguida que llevaba gemelos e intenté convencerles a ella y a su marido para que fueran al hospital de Staunton o de Harrisonburg para el parto.

A pesar de sus borracheras, el joven marido la hubiera llevado, estoy segura, si hubiera tenido el dinero suficiente. Pero ¿cómo iba yo a insistir en ello sabiendo que el hospital podía rechazarla? Y sin dinero, ¿dónde podían dormir en la ciudad hasta que llegara la criatura? Conté los días y medí su progreso lo mejor que pude, y luego avisé a un médico de Staunton para que me ayudara con los nacimientos. Pero el día antes de que Essie empezara el parto cayeron más de cincuenta centímetros de nieve, así que cuando me llamaron fui sola.

El primer gemelo, un niño de más de tres kilos, salió

con relativa facilidad, a pesar del cuerpo delgado de Essie, pero el segundo no siguió como debería haberlo hecho. Empecé a temer por él cuando me di cuenta de que era muy pequeño y que estaba mal colocado. Metí la mano dentro y volví al gemelo para que pudiera salir por la cabeza, pero estaba azul como la muerte. Incluso antes de cortar el cordón, le hice el boca a boca. Su pecho, más pequeño que mi puño, se estremeció, y ella dio un grito, tan débil, tan parecido a una última despedida, que casi me desesperé.

—¿Está bien? —me preguntó Essie.

—Pequeña —dije, y me dediqué a cortar y atar el cordón. Qué frío hacía. Sentía dolorosos escalofríos en los brazos. Llamé a la abuela, que estaba cuidando del niño, para que me trajera mantas y que se encargara de la placenta.

Envolví a la niña con fuerza y la apreté contra mi cuerpo. Era como acariciar a una piedra. Casi salí huyendo del dormitorio. ¿Qué podía hacer? Tenían que darme una incubadora si querían que cuidara del recién nacido en este sitio donde Cristo dio las tres voces.

Hacía un poco más de calor en la cocina que en el dormitorio. Me acerqué a una enorme cocina de leña. Se veía restos de la lumbre en la esquina del quemador más alejado. Toqué la cocina con la mano y comprobé que daba un calorcito agradable. Tomé una olla de hierro, la llené con todos los trapos de cocina y las toallas que pude asir con la mano, puse el bebé dentro y lo coloqué en la puerta del horno. Después arrimé una silla y me senté con la mano encima del cuerpo de la criatura, vigilándola. Pasaron tal vez varias horas. Estaba demasiado absorta para darme cuenta, pero, por fin, una especie de color rosado invadió la piel traslúcidamente azul de sus mejillas.

—¿Enfermera? —Me dio un sobresalto al oír su voz. El joven padre había entrado en la cocina—. Enfermera, ¿debo buscar a un sacerdote?

Sus ojos se abrieron de par en par al ver a la enfermera cociendo a su bebé en el horno, pero en vez de protestar, repitió su pregunta.

—¿Y cómo piensa hacerlo con estas carreteras?

Estoy segura de que mi tono era de impaciencia. Quería que me dejara en paz para cuidar al bebé.

—¿Debo hacerlo yo mismo? —preguntó, aparentemente alarmado por lo que se proponía hacer—. ¿O quizás usted?

—Oh, cállese.

—Pero, enfermera, tiene que recibir el bautismo antes de que muera.

—¡No se va a morir!

Se estremeció. Estoy segura de que tenía miedo de mí.

—Pero, y si...

—No morirá. —Pero para hacerle callar y marchar, llené mi mano con un poco de agua de la tetera fría y la metí en el horno, encima de una mancha de pelo negro—. ¿Cómo piensa llamarle?

Movió la cabeza aturdido. Por lo visto tenía que hacerlo yo todo. Susan. Susan era el nombre de una santa, ¿no? Pues, si no lo era, el cura podría arreglarlo más tarde.

—Essie Susan —dije—. Te bautizo en nombre del Padre y del Hijo y del Espíritu Santo. Amén.

Por debajo de mi mano, la pequeña cabeza se movió. El padre hizo la señal de la cruz, movió la cabeza con una especie de agradecimiento, como si fuera un conejo asustado, y salió rápidamente para contar a su mujer lo del sacramento. En seguida entró la abuela en la cocina.

—Gracias, enfermera, le estamos muy agradecidos.

—¿Dónde está el otro gemelo? —pregunté, repentinamente afligida. Me había olvidado por completo de él. Tanta fue mi angustia por su hermana, que le había olvidado totalmente—. ¿Dónde lo ha puesto?

—En una cuna. —Me miró desconcertada—. Está durmiendo.

—Debe tenerlo en brazos —dije—. Téngalo en brazos todo el tiempo que pueda. O deje que su madre lo tenga en brazos.

Fue hacia la puerta.

—Enfermera, ¿debo bautizarle también?

—Oh, sí —dije—. Bautícelo también y luego déjelo a Essie para que le dé de mamar.

Mis propios pechos estaban llenos de leche para Truitt. Sabía que su padre me lo traería pronto, pero la leche me sobraba. Saqué al bebé del horno y puse su boca para que chupara la leche, que empezó a salir por sí sola. Una lengua perfecta, más pequeña que la de un gatito recién nacido, salió para lamer las gotas de leche caídas en sus labios. Luego la boquita se agarró a mi pecho hasta que dio con el pezón.

Horas más tarde, andando hacia casa, mis botas crujiendo sobre la nieve, eché la cabeza hacia atrás para perderme en las estrellas cristalinas. Y claramente, como si la voz saliera de detrás de mí, oí una melodía tan dulce y pura que tuve que agarrarme para no hacerme pedazos: «Me pregunto mientras paseo bajo el cielo...», cantaba Caroline.

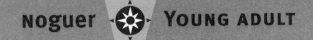noguer ◆ YOUNG ADULT

Otros títulos de la colección:

La cometa rota
Paula Fox

noguer

Despega con Noguer...
hacia la fantasía
de todos los tiempos.